Der Weg Gottes zu sich selbst

Damian Berens

Herstellung und Verlag:
BoD - Books on Demand, Norderstedt
ISBN 978-3-7528-1429-3

Der Mensch ist der Weg Gottes zu sich selbst.

Gott wollte mal die Welt erleben, wollte mal lachen, mal Karriere machen und mal lieben. Gott wollte mal weinen und wollte mal traurig sein.

Gott wollte durch den Menschen sein eigens geschaffenes Universum endlich einmal wahrnehmen und erleben.

Gott hatte ziemlich viele seiner Selbst ins Leben gerufen, nur immer um endlich die Welt zu genießen oder auch nicht.

Der Mensch ist der Weg Gottes zu sich selbst.

Ich gehe weiter, wenn ich sage, Gott schuf wahrnehmende Wesen, Kreaturen, jeglicher Art, um sich selbst zu erleben. So konnte Gott sich auch als Löwe oder Elefant erleben. Ist keiner da, der die Welt nicht erlebt, dann ist auch die Welt nicht mehr da. Das sagte Heidegger. Wenn kein Subjekt mehr da ist, was die Welt erlebt, dann ist die Welt auch nicht mehr existent.

Nun ich gehe nur einen Schritt weiter und sage, dass die

höhere Macht, die alles geschaffen hat, Subjekte kreiert hat, um endlich die eigene Schöpfung zu erleben.

Deshalb ist es nötig, vor jedem wahrnehmenden Wesen einen gewissen Respekt und Achtung zu entwickeln.

Nicht dass man keine Fliege oder Mücke mehr töten dürfte, aber trotzdem man bedenke, dass in allem ein Teil von einem Höheren steckt. Das ist ein gewisser Pantheismus.

Und ich gehe weiter und sage: Milliarden Kreaturen, Milliarden Wirklichkeiten. Jeder kreiert seine eigene Wirklichkeit.

Es gibt Schnittstellen, sonst könnte man sich gar nicht verständigen und diese Schnittstellen sind Gegebenheiten auf die man sich geeinigt hat. Erlebtes, dass geteilt wird oder ähnlich empfunden wird und dadurch wird es mitteilsam.

Es kann sein, dass man die irdische Existenz mehrmals leben muss. Es kann aber auch sein, dass das ein Irrglaube ist.

Vieles deutet aber darauf hin, dass wir alle eine gewisse Zahl von Inkarnationen auf uns nehmen und uns irgendwann von der sterblichen Existenz ganz verabschieden.

Es ist wie mir scheint, nur ein Zwischenstadium, das Menschsein, oder Tier sein, um in einer anderen Dimension, die voller Licht, Freude und Glanz ist, zu Hause zu sein.

Vielleicht ist unter solch einem Konzept mehr Gerechtigkeit für die einzelnen Individuen möglich.

Vielleicht können wir so auch wieder einiges gerade rücken, was einst verrückt worden ist.

Ich glaube der Sinn des Lebens ist, dass wir den Frieden finden und eine gewisse Art von Selbstverwirklichung.

Unsere Talente müssen sich verwirklichen und letztlich müssen wir den Frieden finden in unserem Leben.

Wir können nicht immer auf der Suche sein, nach mehr, nach mehr und nach mehr. Dieses ständige Auf und ab, von der Wiege bis zur Bahre muss ein Ende finden und wir müssen in die Transzendenz schon zu Lebzeiten finden.

Das heißt, dass wir mit dem So -sein des Lebens unseren Frieden schließen.

Ich kann nicht von mir behaupten, dass mir das schon gelungen wäre. Aber ich hatte einige transzendente Momente in meinem Leben.

So kann ich sagen, dass dieses Leben als Damian Berens, eine Art Schlüsselexistenz für alle meine weiteren Leben gewesen ist.

Nun ja, es ist ja noch. Und man sagte mir, das Leben sei noch lang!

Na dann!

Ich gebe zu, dass sich zu unserem Leben als Mensch auch eine sexuelle Dimension gesellt. Osho vertrat den Weg des Auslebens dieser sexuellen Orientierung. Und ich stimme Osho zu, dass der Mensch sich auch sexuell selbstverwirklichen muss.

Aber das muss jeder für sich selbst entscheiden. Manch einer hat auch schon genug, wenn er einmal das Erleben des Sexuellen genossen hat. Manch anderer ist da unersättlich.

Nietzsche sagte: Alle Lust will Ewigkeit, tiefe, tiefe Ewigkeit.

Nun gut. Wir sind nunmal auch sexuelle Wesen, die sich auch in diesem Bereich erfahren.

Ich finde wichtig hier zu sagen, dass eine andere Orientierung nicht zu verurteilen ist. Ich meine Homosexuelle. Ich denke, dass die Menschen so wie sie sind, kreiert worden sind.

Aber die westliche Welt ist ja auf einem guten Weg der Toleranz.

Das war nicht immer so und hat sich erst im letzten Jahrzehnt verfestigt.

Auch ich muss zugeben, dass ich es einmal als unnatürlich angesehen habe. Aber das ist Vergangenheit.

Man muss die Menschen nehmen, wie sie sind.

Der Mensch ist der Weg Gottes zu sich selbst.

Worüber soll man schreiben? Es ist eigentlich schon alles gesagt worden.

Gesellschaften werden sich immer verändern. Vielleicht nur langsam, aber sicher.

Wir sind auf der gesamten Welt auf dem Weg zu einer Vermischung. Es soll ja eine mindere europäische Rasse, laut Verschwörungstheoretikern, gezüchtet werden.

Diese Rasse soll dann im globalen Ganzen funktionieren. Zugunsten der Weltmacht USA. Trotzdem halte ich das für überzogen. Selbst wenn es so käme, wäre es nicht tragisch.

Vielleicht aber auch, so meinen andere, ist die Menschheit auf dem Weg in ein neues Zeitalter. Ein Zeitalter, in dem auch die Tiere nachziehen werden, dass heißt ihre Aggressionen aufgeben werden. Spinnerei? Oder biblische

Offenbarung?

Wir werden sehen. Nur leider lebt die Masse der Menschen in einem Tick Tock System. Das heißt, morgens aufstehen, arbeiten gehen, abends ins Bett fallen und morgens wieder aufstehen.

Die Dimension des Lebens ist sehr begrenzt, wenn der Mensch gezwungen ist, so zu funktionieren.

Gesund ist das alle Mal auch nicht gerade.

Nun ja, die Seher und Propheten sagen das würde bald ein Ende finden. Auch ist man der Meinung, dass ein neues Wort für Arbeit erfunden wird.

Weil das alte Wort einfach zu viele negative Konotationen beinhaltet.

Ich habe mir die Arbeit der Postboten zum Beispiel angeschaut. Letzte Woche war ich auf Tour, um neue Einnahmequellen für mein bescheidenes Leben zu finden.

Es war sehr abstoßend und der Postbote mit dem ich unterwegs war, war stets freundlich und gut gelaunt.

Gerade das hat mich befremdet. Es war sicher ein gut

gespielter Part von ihm. Unter einer latenten Depression.

Trotzdem bewundere ich diese Art von Existenz. Man hat genug zum Leben und ist fest eingebunden.

Man kann einmal im Jahr Urlaub machen und sich den auch noch leisten.

Ich kann mir so gerade meinen Lebenstandard sichern und verdiene mein Geld als Musiklehrer.

Ein ganz anderes Genre und sicher auch nicht einfach, da man immer gezwungen ist, in Privathaushalten aufzutauchen und Unterricht abzuhalten.

Es ist aber auch die Arbeit am Menschen, die einem hier zu Grunde gelegt wird und die von enormer Wichtigkeit ist für die Kinder und ihren Familienkontext.

Vieles ist nicht mehr wie früher. Viele Familien brechen auseinander bevor man die zweite Stunde gegeben hat.

Das heißt, die Ehen sind nicht mehr so beständig wie sie einst waren. Vielleicht liegt das an der Unzufriedenheit der einzelnen Individuen, die immer nach mehr Ausschau halten. Die Gesellschaft ist nicht mehr so genügsam und das macht auch die Beziehungen kaputt.

Auch sieht man schon mal einen Polizist, der mit einer Frau Dr. verheiratet ist. Also ein unterschiedliches Paar.

Oder wie es die Kirchen ausdrücken würden, manche Frauen sind gezwungen nach unten zu greifen in der heutigen Zeit.

Meines Erachtens ist das aber nicht tragisch. Denn es zählt nur das Zusammensein und das gegenseitige Verstehen.

Ich verstehe mich mit meinem Hund James. Wir sind ein tolles Paar. Manchmal bleiben den Philosophen nur sie selbst und vielleicht ein Hund.

Wenn man damit glücklich ist, wieso nicht?

In 20 Jahren ist das Leben vorbei. Vielleicht vorher, vielleicht nachher. Ich blicke entspannt auf mein Leben zurück. Stuart Wilde sagte mir mal: and you will remember it well!

Ja, dann werden wir uns gut an unser Leben erinnern.

Viele, die den Weg mit uns gegangen sind, sind schon vor

uns gegangen. Der Zug des Lebens. Manchmal kommt eine Station und Leute steigen aus, dann kommt eine andere Station und Leute steigen ein. Bis man selbst mal aussteigt.

Viele Gurus habe ich gesehen. Die mir ein besseres Leben versprochen haben oder gar Reichtum. Wenn ich eines gelernt habe, dann folgendes: Die Gurus waren alle ein wenig EGO verblendet.

Und das darf den Gurus ja eigentlich nicht passieren. Ich glaube, es ist wichtig, das EGO zu transzendieren. Das Ego hinter sich zu lassen.

Das ist der Weg zum Frieden. Das So-sein so zu akzeptieren wie es ist. Zu atmen und im Frieden zu sein. Lange Jahre war ich bi polar. Früher sagte man manisch-depressiv. Das habe ich hinter mir gelassen und lebe nun ein Leben eines Normalen. Eigentlich vermisse ich fast meine manischen Phasen, weil man da so aktiv ist und so aufnahmefähig und die allergewaltigste Kraft in sich selbst spürt. Ich habe mir immer gewünscht, das Leben eines Normalen zu führen und muss sagen: es ist langweilig.

Inzwischen habe ich mich an die Langeweile gewöhnt und danke den höheren Mächten, dass sie mich die Manie haben überwinden lassen.

Dabei, wenn man darüber nachdenkt, hat jeder sein Päckchen zu tragen. Der eine hat ein Nervenkrankheit, der andere Arthrose, wieder ein Anderer hat Allergien und noch einer hat eine Krebserkrankung.

Mein Vater Leo kam deshalb zu dem Schluss, dass der Mensch noch nicht bereit sei für diese Welt. Weil es einfach zu viele Krankheiten gebe.

Andere geben zu bedenken, dass man Krankheit als Weg auffassen kann. Dass man daran wachsen und lernen kann. Mag sein. Wenn ich was gelernt habe in meiner Erkrankung als Psycho, dann, dass man demütig sein sollte. Ich habe mit anfang 20 eine großartige Arroganz besessen und jetzt mit anfang 40 muss ich sagen, dass diese Arroganz bestraft worden ist. Ich habe gelernt, ein

Mensch zu sein, der andere Menschen toleriert und wohlwollend ihnen gegenüber ist. Ich habe gelernt, dass wir alle sterblich sind und uns deshalb solidarisieren sollten und uns den Weg leichter machen sollten. Irgendwann heißt es für jeden von uns Abschied zu nehmen. Dann werden wir trotzdem noch da sein, glaube ich. Als Geistwesen mit vollem Bewußtsein. Dann werden wir auf das vergangene Leben zurückschauen und wir werden uns an die schönen und schlechten Augenblicke unserer irdischen Existenz erinnern. Die Memory bleibt. Die Erinnerung ist ewig.

Dann werden wir begreifen, dass wir alle ein Teil, der ewigen Gotteskraft sind, die gekommen ist, die Welt zu erleben und die Welt ein Stück glücklicher zu machen. Es ist gut, wenn wir das jetzt schon begreifen. Man muss dafür nicht sterben. Es ist unser aller Aufgabe schon zu Lebzeiten den Frieden zu finden und die Erkenntnis zu gewinnen, dass wir ein Teil des Ganzen sind. Quasi ein Mikrokosmos im Makrokosmos wie es schon Leibnitz konstatierte. In seiner Monadenlehre.

Wir sind der Weg Gottes zu sich selbst.

Manchmal denke ich, die Menschen haben alle eine
andere Meinung zu irgendetwas.

Meinungen sind variabel und können vergehen oder sich
wandeln. Wenn wir alle dieselbe Meinung hätten, wäre es
wahrscheinlich langweilig auf der Welt.

Nehmen wir nur mal die politische Einstellung.

Man kann links sein oder rechts oder mittig. Und was soll
das alles? Ich glaube, dass die Meinung, die wir haben,
schon entscheidend zu unserer Persönlichkeit gehört.

Aber Meinung ist nur mental, d.h. sie ist irdisch. Ich
glaube aber, dass wir unsere Meinung über die Welt zum
Beispiel mit ins Jenseits nehmen und dann wird da
entschieden, was gut und was schlecht ist.

Beziehungsweise eine negative Weltsicht ist auch für das
Leben nach dem Tod nicht hilfreich. Wenn wir an das

Böse glauben und an Dämonen, werden wir wahrscheinlich schlechte Erfahrungen im Jenseits haben. Atheismus ist gar nicht schlecht und man kann mit einem gesunden Menschenverstand durchaus in höhere Welten gelangen, ohne an Gott zu glauben.

Ich denke sogar, dass es eine wichtige Voraussetzung für Seelenreisen ist, also für außerkörperliche Erfahrungen noch zu Lebzeiten, dass man nur an die Physis glaubt. Denn wenn man sagt, die Physis sei das Einzige, was es gibt, und man diesen Gedanken, bzw. diese Meinung von der Welt hat und ihn innig vertritt, dann will uns eine höhere Macht meistens zeigen, dass es doch noch mehr gibt. Mir ist so wiederfahren als ich mal das Land verlassen hatte und ich auf Reisen in Norwegen weilte. Es war eine Zeit der großen Freude. Und auch Freude ist ein wichtiger Begleiter für außerkörperliche Erfahrungen. Ich verließ in einem Blockhaus morgens meinen Körper und fand mich in einem Lichtkörper wieder. Man wußte direkt als man da war: hier gibt es keine Krankheiten und auch kein Geld. Ich konnte mich beliebig in meinem Lichtkörper bewegen und befand mich plötzlich auf einer wunderschönen, himmlischen Straße mit allerlei wunderschönen Villen und einem ganz außerordentlichen Straßenlicht, direkt in einer Stadt in den Wolken.

Ich ging die Straße entlang und blickte in die Ferne. Es war kein Traum, denn ich kenne Traumgeschehen und weiß wie flüchtig es ist. Es war eine andere Art der Realität. Danach kehrte ich in meinen physischen Körper zurück. Und zurück blieb ein Gefühl von großem, tiefen Frieden.

Ja, das ist jetzt 11 Jahre her und wie gesagt, mein Leben hat sich seitdem sehr verändert. Ich war niemehr seitdem manisch und auch die Depressionen haben mich verlassen. Ich weiß seit diesem Tag, dass das Leben mit dem Tod nicht zu Ende ist. Die Reise geht weiter und wir müssen das Leben nutzen, um uns zu entfalten. Das soll heißen, wir sind alle eine Art Samenkorn, dass zu einem mächtigen Baum heranwachsen will. Ich habe das Leben einmal die große Transformation genannt. Heute gehe ich weiter und sage, ja es ist Transformation aber es ist auch Emanation also Entfaltung. Und dabei spielen die Meinungen über die Welt durchaus eine Rolle.

Eine begrenzende Weltsicht, wird dir auch eine begrenzte Welt schenken. Wie im Himmel so auf Erden. Wie im Kopf so in Realiter. Walter Benjamin sagte: der gemeine Mensch interessiert sich nicht für den Kosmos. Das soll heißen, dass der durchschnittliche Mensch mit dem Leben wie es sich zeigt, so beschäftigt ist, dass kosmische Ereignisse wie Sonnenfinsternisse, Sterne und Kometen für ein solches Leben einfach ohne Belang sind.

Das ist natürlich eine wertende Aussage. Aber sie ist zum größten Teil tatsächlich zutreffend.

Die Menschen sind so involviert in ihre Probleme und Meinungen, dass sie keine Zeit haben für die Sterne und auch keine Zeit für sich selbst.

Das ist natürlich schade und verkürzt den Blick für das Ganze nämlich, dass wir alle Geschöpfe des Universums sind und gleichzeitig dessen Bewohner.

Wir sind kosmische Wesen und es tut gut die Sterne zu beobachten und sich als ein Teil des ganzen Konzertes zu betrachten.

Und dann folgt ein Staunen und eine Freude über das Sein an sich.

Man bedenke, ob es einen roten Faden gibt im eigenen Leben. Das soll heißen, ob es eine Fähigkeit oder Tätigkeit gibt, die dich schon immer begleitet.

Bei mir ist es das Schreiben. Es hat mich immer schon begleitet. Schon als 9 Jähriger führte ich Tagebuch.

Dann gab es irgendwann mal einen Bruch in dieser Tätigkeit. Vielleicht war das eine kreative Pause.

Aber ich denke, es musste erstmal ein neuer Eindruck von meinem Leben entstehen, damit ich ihn dann ausdrücken könnte.

Dieser Bruch geschah auf der Norwegen Reise. Lange

Zeit brauchte ich, um das dort erfahrene zu verarbeiten.

Jetzt sind 11 Jahre ins Land gestrichen und ich habe mich entschlossen wieder zu schreiben.

Und das tut mir gut.

Diese Fähigkeit, die jeder individuell besitzt, macht uns in der Ausführung Freude. Es ist eine Art von Erfüllung, wenn wir sie ausführen.

Man ist dann im reinen Sein, so wie die Tiere es jetzt und immer snchon sind. Schau dir einen Hund an. Er ist immer im Jetzt und damit im Sosein und Frieden.

Ein anderes Thema: es ist Herbst geworden. Ich mag diese Jahreszeit besonders gerne. Die Tage werden kürzer, die Bäume werden bunt. Leider folgt der Winter für den ich nicht geschaffen bin. Leidend gehe ich durch den Winter und trotzdem genieße ich den Schnee, wenn er kommt.

Wenn der Januar geschafft ist und Maria Lichtmess naht, geht es mir besser.

Heute muss ich noch zum Klavierunterricht. Es ist meine Tätigkeit, die mich überleben lässt. Sie gehört auch zu meiner Fähigkeit, die mich seit jeher begleitet. Und trotzdem macht sie mich nicht so glücklich wie das Schreiben.

Vielleicht liegt es am Drumherum. Man muss in eine Familie gehen und den Kindern was beibringen.

Aber auch das kann mir Freude bringen.

Jedoch erst im Nachhinein.

Die Tätigkeit des Schreibens, mein roter Faden in meinem Leben, bringt mich weiter und füllt mich aus.

Vielleicht wäre es besser, wenn die Menschen mehr ihrem roten Faden folgen würden bzw. wenn sie ihren Weg gehen würden, der zu ihnen gehört.

Anstatt das zu tun, was ihnen widerstrebt. Man muss einen Kompromiss finden. Aber das Schreiben ist längst für mich kein Hobby. Ich finde das Wort Hobby abwertend.

Die Inder würden es Dharma nennen.

Ich bin zwar in Deutschland geboren, bin aber seit jeher dem Hinduismus verpflichtet. Leider war ich noch nie in Indien. Aber das kann ja noch werden.

Bhuddismus war mich nie interessant. So hat jeder gewisse Präferenzen oder anders ausgedrückt: Neigungen. Sie könnten mit unseren Vorexistenzen zu tun haben, aber es ist müßig das beweisen zu wollen oder zu verifizieren. Vielleicht sind die Neigungen oder auch Fähigkeiten eine gewisse Aufgabe in unserer Existenz, der wir uns stellen müssen.

Sie gehört mit zur Entfaltung und Selbstverwirklichung auf dem Weg des Lebens.

Möge jeder seinen Weg finden.

Heute war ich Brötchen kaufen. Die Verkäuferin war sehr nett. Außerdem kaufte ich noch Milch in der Bäckerei.

Dann haben wir, mein Bruder und ich, gefrühstückt.

Claudia, meine Freundin, die in Griechenland wohnt, hatte heute morgen nichts mehr im Kühlschrank. Sie mußte auch zum Bäcker gehen. Sie beklagt sich, weil sie die deutschen Brötchen vermisst.

Zudem ist ihr Hund Lisa krank. Gestern hat er gebrochen.

Ich habe ihr gesagt, das kann durchaus mal vorkommen. Sie soll sich den Tierarzt sparen.

So hat jeder Aufgaben oder Probleme, die gelöst werden müssen. Das sind alltägliche oder kleine Probleme aber es sind Probleme. Karl Raimund Popper konstatierte das Leben sei stetiges Problemlösen, vom Anfang bis zum Ende. Natürlich beinhaltet so eine Aussage nicht viel Platz für Gefühl. Aber nach allem was ich gelernt habe, muss ich Popper Recht geben. Das Leben bleibt stetiges Problemlösen. Das können sehr kleine Probleme sein, zum Beispiel, dass man Brötchen braucht morgens, um zu frühstücken. Das können auch größere Probleme sein. Existenzprobleme zum Beispiel oder Gesundheitsprobleme. Oder das Problem, dass man mal einen Ortswechsel braucht bzw. einen Urlaub.

Manche Menschen machen niemals Urlaub! Das ist schwer zu glauben, aber es entspricht der Wahrheit. Entweder sind sie zu krank, um Urlaub zu machen, oder sie wollen einfach den Ort ihres Lebens nicht verlassen.

Früher war es gar nicht ungewöhnlich sein ganzes Leben an einem Ort zu verbringen. Meine Oma zum Beispiel, hat zum größten Teil ihren Geburtsort nicht verlassen.

Sie hatte anscheinend genügend Probleme vor Ort zu lösen, könnte man humorvoll annehmen.

Letztes Jahr habe ich meine Freundin Claudia in Griechenland besucht, mit Flug natürlich.

Sie wohnt wunderschön am Meer, kann es aber nicht genießen. Sie ist sehr isoliert in Griechenland, weil sie so gut wie gar keine Freunde hat. Griechenland hat mir sehr gut gefallen, obwohl ich es ein wenig suspekt finde, dass der Süden so sandig ist. Ich bin mehr die Grünheit des Nordens gewöhnt und viel Wolken und Regen.

Claudia versucht schon seit einiger Zeit dieses Problem ihres Lebens, so isoliert zu sein, zu lösen. Aber es kommt einfach zu keinem Ergebnis. Jetzt hat sie sich in einem Malkurs angemeldet, um wenigstens eine gewisse Zeit in der Woche Gesellschaft zu haben.

Aber sie weint noch immer sehr viel am Telefon.

Ich kann ihr Problem zur Zeit auch nicht lösen, da ich sehen muss meine Existenz ersteinmal abzusichern.

Das ist mein Problem. Auf dem Weg des stetigen Problemlösens.

Aber ich bin mir sicher, dass es bald klappen wird meine Existenz fundamental abzusichern.

Denn schon seit einiger Zeit , genau genommen seit zwei Jahren, betreibe ich ernsthaft Affirmationen. Das heißt, man affirmiert bessere Zustände herbei indem man einfach zum Beispiel sagt: ich bin reich!

Man macht das nicht nur 10 Minuten, sondern 2-3 Stunden am Tag. Ich bin nämlich in dieser Hinsicht dem Idealismus verpflichtet. Ich denke, der Geist materialisiert die Wirklichkeit. Das ist meine Art dieses Problem der Existenz zu lösen. Ich bin gespannt, ob es irgendwann einmal wirklich klappt.

Ich empfehle Claudia dasselbe zu tun. Affirmationen täglich. Mindestens eine halbe Stunde lang für den Anfang.

Das sind unsere Probleme hier in der westlichen Hemisphäre. Keiner der in Afrika Hunger leidet, hätte das gedacht. Der Kampf ums Überleben ist sehr unterschiedlich. Aber das ist das Leben.

Vielleicht sollte es kein Kampf mehr sein, das Leben. Zu lange haben wir das Böse heraufbeschworen und affimiert. Im Vater unser heißt es: und führe uns nicht in Versuchung, sondern erlöse uns von dem Bösen.

Die universelle Kraft versteht keine Verneinungen und das Erlöse uns von dem Bösen hat uns 2000 Jahre Kriege und Böses beschert. Es ist Zeit das Vater unser zu ändern. Ich schlage vor: Lass die Versuchung von uns weichen und schenke uns Gutes!

Es wird noch dauern bis sich sowas durchsetzt. Aber es wird sich durchsetzen. Das Christentum an sich ist gar nicht schlecht. Nur was die Menschen daraus gemacht haben. Suche das Himmelreich zuerst, dann wird alles weitere folgen. Wenn dem so wäre, müsste jeder der das Himmelreich einmal erreicht hat in Fülle leben. Dem ist aber leider nicht so. Demnach muss man dauerhaft den Himmel auf Erden erreichen und dann breitet Sterntaler seine Fühler aus und schüttet das Füllhorn über dir aus. Zieh dich aus, gebe alles und das letzte Hemd! Dann folgt laut universalem Gesetz eine Belohnung!

Und die Frage ist: was heißt es den Himmel zu erreichen? Sind das außerkörperliche Erfahrungen, sozusagen Astralreisen oder ist es ein bloßes Sein im Frieden?

Ich kann das hier nicht beantworten. Jeder muss selbst seine Erfahrungen machen und zuletzt den Frieden finden und auch das kosmische Füllhorn.

Wie gesagt: das Leben darf nicht mehr als Kampf angesehen werden. Das ist gar nicht so einfach bei allen diesen Gegebenheiten, das heißt all diesen Rechnungen, die man täglich bezahlen muss, um sich sein Leben zu verdienen. Ich kämpfe noch. Vielleicht muss ich den Kampf aufgeben und das Leben als Wandern von einem Tal zum anderen ansehen, wie es Stuart Wilde postulierte. Ich war mal Wilde Fan und kaufte mir eine Affirmation zum Festkleben von Stuart. Die Affirmation lautete: Life is a piece of cake, choclate cake!

Na ja. Heute kann man drüber lachen. So einfach wie ein Schokoladenkuchen war das Leben dann doch nicht.

Aber wieso sollte man es nicht so sehen?

Wenn man mehr und mehr den Gedanken des Kampfes aufgibt und sich dem Gedanken des Schokoladenkuchens hingibt, dann entsteht eventuell eine bessere Welt.

Unsichtbar schreibt die Regierung der westlichen Welt das Postulat an jede Hauswand: jeder kann hier reich und glücklich werden, wenn er sich ein bißchen anstrengt! Aber das war eine Lüge. Nun gut, wenn man es von der Schokoladenseite betrachtete, dann konnte es sogar stimmen. Dabei war nur zu beachten, dass man den Schoko Zustand des Lebens wirklich verinnerlichen mußte, um auch in seinen Genuss zu kommen.

Die Welt war am Scheidepunkt zu Beginn des 3. Jahrtausends. Die Menschen waren spirituell geworden und auch nachdenklicher in dem Denken über die Welt.

Eine neue Erde sahen gar manche Denker im Entstehen, wie zum Beispiel Dolores Cannon und Eckhart Tolle.

Wenn es so kommen würde, und das in den nächsten 50 Jahren, also das wäre ja ein Hammer.

Der Frieden und das goldene Zeitalter. Es bleibt abzuwarten.

Ein neues goldenes Zeitalter. Das wäre toll. Ein Zeitalter, in dem man sich nicht mehr abrackern muss, um sich sein Leben zu verdienen. Grundeinkommen für alle. Das ist machbar. Ein sehr reicher Mann ist ein Vorreiter in diesem Denken: Götz Werner.

Ich habe auch schon mal darüber nachgedacht. 1994. Ich nannte es die Philosophie der bloßen, nackten Existenz. Heute belächel ich diesen Titel, weil dieser soviel Mangel zum Ausdruck bringt. Es sollte keine nackte, bloße Existenz sein, sondern ein gutes Leben. In der jeder seiner Bestimmung nachgehen kann. Der Mensch ist eben nicht bestimmungslos, wie es Sartre dachte. Es gibt eine

Aufgabe für jeden. Im Konzert des Ganzen erklingt dann jede Stimme und es klingt gut.

Auch Camus lag falsch mit seiner Revolte gegen das Absurde. Die Revolte an sich ist nicht schlecht und die Menschen sind alle sterblich. Deshalb sollte man sich schon solidarisieren und helfen und auch respektieren. Vielleicht hat Camus am Ende sogar doch Recht. Denn das Sein ist nur in der Welt erkennbar und im Tod nicht mehr. Da kann man sagen was man will. Zum Beispiel, dass das Bewußtsein vom Körper unabhängig ist und nach dem Tod weiterexistiert. So ist es auch. Aber leider lässt es sich nur subjektiv durch das Erleben des eigenen Todes verifizieren und dann nicht mehr für die existierende Welt. Oder kann man noch mit den Toten sprechen? Es gibt ja Leute, die behaupten sie könnten das. Wie James van Praagh und Gordon Smith zum Beispiel.

Das Leben an sich ist sehr flüchtig. Und es lässt sich nicht mit Sicherheit sagen, ob es jemals stattgefunden hat. Das heißt, es lässt sich nicht beweisen, ob es jemals stattgefunden hat. Denn wie sähe dieser Beweis aus? Er ist gemacht aus einem Irdischen und dieses Irdische ist nicht tragfähig, da es vergänglich ist. Denn was ist in 20 000 Jahren zum Beispiel? Oder erst in 100 000?

Ist dann noch beweisbar, dass du hier jemals gelebt hast? Vielleicht kommt man dann eher ran an den Zustand von Alles ist ewig und Alles ist heilig.

Vielleicht wird sich die Welt wandeln und auch ihre aggressiven Tendenzen ruhen lassen und einen Geist des Guten hervorbringen. Dann wenn man eine Verbindung herstellen würde zwischen Leben und Tod und sich der Mensch als geistiges Wesen mit ewiger Existenz verstehen würde.

Denn klar ist für mich, dass die Toten tatsächlich nicht tot sind, sondern nur den Zustand des Seins gewechselt haben.

Wie oft kommt es dann doch vor, dass man von den Toten träumt und diese plötzlich gar nicht mehr tot sind. So hatte ich in letzter Zeit Träume von meiner verstorbenen Mutter und es war so real, als lebte sie noch. Der Traum ist eben auch eine Form von Wirklichkeit. Die leider sehr flüchtig ist, denn wir vergessen schnell das nächtliche Geschehen nach dem Aufstehen. Es gibt so eine Art Barriere zwischen den Traumwelten und der täglichen Realität.

Um auf das Grundeinkommen für alle zurückzukommen: es scheint noch wie ein Traum und trotzdem kommt es auf uns zu!

Es wird unser aller Realität werden und ein Ende des Kampfes wird kommen. Noch ist dies ein Traum, der so flüchtig ist wie unser Nachtgeschehen, aber der Traum rückt näher!

Wie viele von uns führen ein Leben, das sie in Wirklichkeit nicht erfüllt? Ein Leben, das nur dem Überleben genügt und keinen Platz lässt für wirkliche Erfüllung. Aber die meisten sind zu ihrem Leben gezwungen, weil sie so ihr Überleben meistern.

Gucke ich nur auf mein eigenes Leben, dann sehe ich, dass ich zu wenig arbeite und mir somit mein Leben zerrinnt, weil einfach nicht genug Geld da ist, um meinen Lebensstandard zu halten.

Mehr arbeiten müsste ich und das will ich auch nicht. Es bleibt der Erfolg aus, als Komponist. Leider ist das so. Und all mein Affirmieren bringt mich auch nicht weiter. So scheint es zumindest. Dann auch noch wohnt mein Schatz in Griechenland und ein Zusammenleben scheint utopisch.

Wenn die Menschen nur in ihrem Tun mehr Erfolg hätten, mit ihren ureigentlichsten Tun, ihrer Aufgabe, dann wären sie nicht mehr gezwungen ihrer stupiden Arbeit nachzugehen. Aber geht das? Erfolg für Alle?

Wieso nicht. Dies ist ein Universum der Fülle und es ist genug für alle da.

Denn was ist, wenn du einen Kuchen gebacken hast und niemand ist da, um ihn zu essen?

Dann wirst du unweigerlich wütend sein und den Kuchen

alleine essen müssen.

Viel schöner aber ist es, wenn du deinen Kuchen mit Freunden essen kannst oder du dein Produkt erfolgreich verkaufen kannst.

Andere sind in ähnlichen Lagen. Jeder versucht das zu ändern, aber nur wenigen gelingt es.

Wenn es einen Gott gibt, klagen sie, dann hätte er mich nicht so leiden lassen! Gott wollte, dass ich glücklich und erfolgreich bin!

Oft bete ich abends wenn es dunkel ist, im Bett, zu Gott.

Ich spreche das höchste Wesen persönlich an, um mir Mut zu machen, weiter zu machen auf meinem Weg.

Hilf dir selbst, dann hilft dir Gott, sagt der Volksmund.

Manche wie Joseph Murphy sagen einfach, man müsse die Gedanken ändern und dann würde sich das Leben ändern!

Ich glaube auch, dass das funktioniert! Nur wann?

Denn ich affimiere jetzt schon seit über 12 Monaten und zwar intensiv, das heißt 2-3 Stunden täglich.

Der Weg ist das Ziel, sagte mir mal Jemand. Das heißt das

Ziel ist schon da, bzw. der Weg muss gegangen werden.

Und sei es noch so schwierig. Es kommen wieder bessere Zeiten. Ganz bestimmt.

Diese Hoffnung lässt mich weiter machen. Und die Hoffnung stirbt zuletzt. Ist die Hoffnung erst tot, dann ist auch der Mensch tot.

Bleibt zu hoffen, dass die Hoffnung uns alle nicht im Stich lässt. Denn Seneca sagte: Gott ist dir nahe, er ist mit dir, er ist in dir! (Prope est ate deum, tecum est, intum est)

Und wenn wir alle ein Teil Gottes sind, der durch uns die eigene Welt erleben wollte, dann müssen wir daran arbeiten, das Glück und den Frieden zu finden.

Der Mensch ist der Weg Gottes zu sich selbst.

Und deshalb können wir alle nicht versagen und verzagen.

Wir müssen zurück in die Freude am Sein.

Denn was ist mehr vergeudete Zeit, als ein Leben, das nicht in der Freude ist?

Nicht umsonst lautet eine meiner Affirmationen: ich bin froh und heiter, Glück ist mein Begleiter!

Liebe und tue was du willst! sagte Augustinus.

Also in der Liebe etwas tun, egal was, und es wird gut.

Liebe lässt keinen Platz für Hass, Ärger und Wut.

Und das Wort Liebe bedeutet Hingabe.

Und wenn wir alle ein Teil dieser Gotteskraft sind, oder auch Gott selbst auf dem Weg zu sich, dann kann man genügend tun, um die Welt zu einem Besseren zu wenden.

Claudia, meine Freundin sagt oft: das Leben ist Mist!

Ja, wenn man daran glaubt, dann ergibt sich auch nur Mist. Alles Mist, deine Emma! sagt Jutta.

Oder sie sagt, es gehe ihr nicht gut, alles sei Mist!

Andere wiederum sagen, das Leben sei langweilig.

Mir kam dieser Gedanke auch schon mal, denn das Leben ist halt lang und man muss eine ganze Zeit überbrücken, bevor man 80 ist und langsam ans Sterben denken kann!

Oft schleicht sich so ein Denken schnell ein in den eigenen Horizont und erschafft dabei nichts Gutes!

Es ist die eigene Frustration und das Wollen nach Mehr, das keine Erfüllung findet und so neuen Frust erzeugt. Was, wenn ich erst ein neues Auto habe, oder die neue Uhr, oder das Geld von der Arbeit?

Nichts ist dann anders. Man muss den Moment so annehmen wie er ist. Leben im Jetzt nannte das Eckhart Tolle. Das Ego sterben lassen mit all seinen Objektwünschen und das Leben so nehmen in allen seinen Bestandteilen im jetzigen Moment.

Auch das Denken muss ausgeschaltet werden, um in einen Zustand des reinen Seins zu gelangen. Ich empfehle Gedankenstille. Mindestens 10 Minuten täglich. Das Gute daran ist, dass Du in einen inneren Frieden fällst, von dem du nicht genug bekommen kannst. Probiere es aus!

Versuche eine Zeitlang die Augen zu schließen und keine Gedanken zu denken. Du kannst mit geschlossenen Augen, die Augäpfel kreisen lassen, um dich abzulenken.

Du wirst merken, wenn der Zustand kommt, der Zustand des Nichtdenkens. Nicht Cogito, ergo sum. Sondern Non Cogito, ergo sum. Es ist zudem ein Zustand der Freude.

Außerdem ist es so, wenn du den Zustand einmal erreicht hast, so dass es dir vorkommt, als würdest du gerade von einem 14 tägigen Meeresurlaub zurück sein.

Soviel Frieden kann dir die Gedankenstille geben.

Und diese Kraft, die du daraus schöpfst, kannst du zu neuen kreativen Möglichkeiten umwandeln bzw. sie dafür einsetzen.

Das ist die pure Creatio ex Nihilo!

Damit wirst du selbst zum Schöpfer und das ist eine Tat Gottes. Du wirst zu einer Art Gott.

Sei wie Gott.

Was wenn das Schicksal dir einen schwarzen Peter zugeschrieben hat? Du bist behindert, vielleicht sogar auf den Rollstuhl angewiesen!

Aber es gibt Menschen, die selbst mit Behinderung vielleicht nicht glücklich sind, aber so dennoch zufrieden.

Ich finde es ist Zeit mit der Karmalehre aufzuräumen. Man kann diesen Menschen nicht helfen, indem man sagt, sie hätten in vergangenen Leben gesündigt und ihre Behinderung sei nun das Resultat von ihren Vergehen.

Es mag ja durchaus sein, dass es einen Sinn hinter den Behinderungen und Erkrankungen gibt. Aber zu sagen, das liege daran, weil man in einem vergangenen Leben ein Schurke war, macht die Sache nicht einfacher für die betroffenen Menschen und außerdem machen es sich diese Leute leicht. Und es wird nicht leichter für die Menschen, die betroffen sind.

Es gibt ein unerbittliches, großes Gesetz unter dem wir alle stehen. Und ich glaube, jeder muss sich einst für sein Leben verantworten im Jenseits. Ich bin kein

Freund der Juristen und ich mag auch den Beruf des Richters nicht. Aber mit uns allen wird abgerechnet an unseren jüngsten Tag. Die alten Ägypter wussten das schon.

Es kann ja durchaus sein, dass eine Behinderung im Leben eine Art Lernaufgabe ist. So eine Aussage macht das Leben für die Menschen mit Behinderung aber auch nicht leichter. Vielleicht sollte man einfach mal über seinen eigenen Schatten springen und die Menschen annehmen wie sie sind. Das wird auch den Menschen mit Behinderung zu Gute kommen.

Wenn mehr ein Miteinander herrscht und man die große Sorge der eigenen Sterblichkeit mit den Menschen aller Art teilen kann.

Mir wurde als Kind eine Friede, Freude, Eierkuchen Welt verkauft und man solle sich fernhalten von Menschen mit Behinderung. Ich habe gelernt, dass dies aus der Angst vor Behinderung seitens der eigenen

Eltern zu Stande gekommen sein muss, die ihrerseits so dem so seienden Negativen aus dem Weg gingen.

Ich denke, das war falsch. Ich habe auf meinen Weg durchs Leben gelernt, dass die Menschen mit Behinderung auch ganz normale Menschen sind, die man genauso respektieren sollte wie alle anderen.

Der Mensch hat Angst vor dem Anderssein. Er möchte dazu gehören. Und sich nicht ausschließen. Jedoch, sollte er merken, dass die Anderen gar nicht so anders sind und unter den gleichen Zuständen und Gefühlen zu leiden haben wie Jeder.

Das wird die Welt mehr zusammen bringen.

Eine Welt, die eben nicht nur das Gute kennt, sondern auch wahrnimmt, dass es Schicksale gibt.

Eine Welt, die nicht im Vorherhinein verurteilt, sondern die sich selbst ein Urteil macht von den Menschen und Kreaturen.

Und so ein Umgehen mit den Menschen wird alle

Menschen zu Gute kommen und wir werden eine Welt haben in der mehr Miteinander ist.

Es bleibt zu wünschen. Fangen wir bei uns selber an. Dann kann das Große folgen.

Ich habe mal ein Buch geschrieben, das hieß: Telos und Nomos dieses Ganzen. Es war der Versuch die Welt in ihren Gesetzmäßigkeiten und Zielgerichtetheiten zu ergründen. Oft kamen mir im Leben solche Einfälle. Schopenhauer dachte ja schon zu seiner Zeit, er habe den Stein der Weisen gefunden mit der Welt als Wille und Vorstellung. Jede Zeit wird gewisse Philosophien hervorbringen und sie werden sich einer gewissen Beliebtheit erfreuen. Wie gesagt, eigentlich ist alles gesagt und geschrieben worden. Es ist aber teilweise in Vergessenheit geraten und muss in neue Worte gekleidet werden. Ich finde zum Beispiel Steiner kann man heute kaum noch verstehen. Die Ausdrucksweise ist heute einfach nicht mehr up to date.

So ist es vielen Philosophen und Philosophien ergangen. Manchmal ist die Philosophie aber auch noch deshalb schwer zu verstehen, weil die Philosophen bestimmte Termini benutzen, die nur in ihrem Zusammenhang zu verstehen sind.

Ich habe immer Philosophen geliebt, die leicht zu verstehen waren. Und solche waren nicht leicht zu finden. Ich habe auch mal eine Abhandlung über die Impotenz der Philosophen und das Dilemma unseres Seins geschrieben. Darin mache ich deutlich, dass die Philosophen es lieben sich kompliziert auszudrücken, um ihre eigene Impotenz zu cachieren.

So habe ich mich über die Philosophen lustig gemacht. Viele Menschen müssen Philosophie studieren, weil sie nicht wollen, dass es Texte gibt, die sich ihrem Vorstellungshorizont entziehen. Sie wollen verstehen und mit einem Heidegger und Schelling gleichziehen. Das ist natürlich sehr viel Arbeit, aber es ist ein Grund für da Philosophiestudium. Ein anderer, meiner war es, die Welt besser zu verstehen. Aber da erinnere ich mich an den Satz meiner Deutschlehrerin Frau Klar: Philosophie ist keine Lebenshilfe.

Das aber kann man auch anders sehen. Ich finde schon, dass eine gewisse Lebenshilfe in den Philosophien der Epochen steckt. Aber die Lebensführung vermeintlich erleuchteter Philosophen lässt doch zu wünschen übrig. Andrerseits gab es wirklich erleuchtete Philosophen wie zum Beispiel Meister Eckhart.

Es ist müßig darüber nachzudenken. Für den Moment scheint meine Philosophie ganz klar und deutlich vor meinen Augen: Der Mensch als Weg Gottes zu sich selbst. Wenn Gott als Objekt definiert wird, dann hat er eben Subjekte erschaffen, um das Objekt, das Ganze wahrnehmen und erfahren zu können. Für Gott kann man auch sagen, das Ganze oder das Universum, oder alles was ist. Vielleicht aber ist Gott auch nur eine

Vorstellung der Menschen, die sie selbst kreiert haben und die sich längst verselbständigt hat. Oder aber Gott ist eine Kraft, eine Intelligenz, die alles was ist erschaffen hat. Alles in der Welt ist irgendwie teleologisch ausgerichtet, das heißt hat eine Zielbestimmung. Wie könnte man also annehmen, dass eine solche Zielgerichtetheit von selbst entsteht, also quasi aus dem Nichts kommt. Dann geht man einfach hin und sagt, da ist ein Telos und ein Logos in allen Dingen, also muss es jemand erdacht haben, damit es sich in Bewegung setzen konnte.

Und dann sagt man, dass da eine höhere Intelligenz hinter steckt, die man Gott oder Schöpfer nennt.

Am Anfang war das Wort oder wie es im Griechischen heißt war der Logos. Es war eine gewisse Leere. Und aus der Leere entstand etwas. Die Creatio ex Nihilo. Ob es so war, oder ob alles schon immer da war, wie es ist und auch da bleibt, das ist die Frage.

Kosmologen sagen ein expandierendes Universum voraus. Aber da hört es auf mit unseren Sinnen. Und Sinneswahrnehmungen. Denn schon Kant sagte in seinen Antinomien: Der begrenzte Raum ist nicht denkbar, doch der unbegrenzte auch nicht.

Wir können uns die Unendlichkeit des Kosmos nicht vorstellen. Und die Endlichkeit des Kosmos ist auch nicht denkbar. Damit sind wir wieder bei der alten Frage, ob sich unser Sein überhaupt lokalisieren lässt.

Ja, man kann sagen, da und da findet unser Sein statt, aber der letzte Punkt ist nicht lokalisierbar und damit ist unsere Existenz auch nicht beweisbar.

Wir leben im Nichts. Ein kurzes Aufflackern in de Ewigkeit und wir sind selbst wieder Ewigkeit. Das ließ ja die Inder darauf schließen, dass die Welt der Form nur Maya ist also Schein. Vielleicht werden wir es einmal endgültig verstehen, dann wenn uns die Transzendenz wieder hat.

Ich trinke immer Nescafe. Nescafe mit Milch. Ab und zu einen Keks dazu. Auch mit Freunden trinke ich einen Nescafe. Vielleicht darf bei mir auch ein wenig Rauchware nicht fehlen. Es gibt Philosophen, die behaupten, darin bestehe der Sinn, der Sinn des Lebens. Dass man mit Freunden einen Cafe trinkt. Dass man die kleinen Freuden des Lebens miteinander teilt und sich ein wenig unterhält. Also wird der Sinn in den Ritualen des Trinkens und Essens gefunden. In der Gemeinschaft. Es ist durchaus möglich, dass einem das zu wenig an Sinn ist. Aber es ist auch eine Möglichkeit der Sinnfindung. Jenseits von Selbstverwirklichung und Frieden finden. Sinn im Alltag finden, in dem täglichen Geschehen und in der Aneinanderkettung von

Zuständen und Geselligkeiten. Vielleicht kann man dann auch einen Sinn darin finden, für einen Hund zu sorgen zum Beispiel. Mit ihm spazieren zu gehen, dafür zu sorgen, dass er was zu fressen hat und einen guten Schlafplatz findet. Und dann erweitert man das auf eine Partnerschaft zum Beispiel. Wenn man das will. Dass man für seinen Partner sorgt in einem gewissen Umfang, dass er etwas zu essen bekommt und sich im Leben zu Recht findet. Dass man mit ihm hofft und bangt, damit er einen Job macht und Erfolg im Leben mit ihm teilt. Denn ein Leben, das teilen kann ist ein wertvolleres Leben als dieses Leben in der steten Onanie, was heißen soll: ein Leben mit sich selbst und immer nur mit sich selbst.

Ich für meinen Teil muss sagen: ich brauche auch Ruhephasen und Phasen für mich alleine. Das heißt, selbst wenn ich in einer Partnerschaft leben würde, müßte ich auch immer die Möglichkeit haben für den

Rückzug. Geteilte Erlebnisse welcher Art auch immer binden dich an dein Gegenüber. Das ist bei uns Menschen so. Aber eine geteilte Zeit ist wertvoller als ein Leben in 100 Jahren Einsamkeit.

Ich kenne einen Professor, der aufgrund seiner Hingabe für seinen Beruf auf eine Partnerschaft verzichtet hat. Er sagt, er habe einfach dafür keine Zeit und Energie mehr. Ich finde das bemerkenswert, obwohl ein Freund von mir meint, der Herr Professor sei bindungsgestört.

Allerdings finde ich nicht, dass man unbedingt in einer Partnerschaft leben muss, um glücklich zu sein. Man kann den Frieden auch und gerade auch in der Einsamkeit finden. Ich für meinen Teil bin froh, einen Hund zu haben. Er ist mein treuer Begleiter. In all diesen Zeiten der Not und auch in guten Zeiten. Er wurde mir von einer höheren Macht geschickt, damit ich eine Aufgabe habe. Wir gehen zusammen durch Dick und Dünn. Dann ist da noch meine Freundin in

Griechenland und mein Bruder wohnt im selben Haus wie ich. Das ist meine Konstellation an Partnerschaften. Letztes Jahr habe ich Claudia in Griechenland besucht. Und es war mein erster Urlaub gewesen, seit 5 Jahren. Es war sehr schön. Und doch war ich froh wieder in der Heimat zu sein. Ich bin eben Sternzeichen Krebs und die sind ja sehr heimatverbunden. Ob ich jemals in Griechenland lebe werde, wird sich bald entscheiden. Das Erbe wird nämlich eventuell verteilt und damit ein so Bleiben wie es ist, unmöglich.

Wenn ich das Land verlasse wird alles anders. Aber man nimmt sich ja selber mit. Nur der Ort deines Seins wird sich ändern. Und ob ich da den Frieden finde, mehr als hier, das ist die Frage. Man wird auch dort einen Cafe trinken mit Freunden. Ich trinke gerne Nescafe. Mit Milch.

Ein Freund von mir hat jemand getroffen, der 10 Minuten klinisch tot war. Und?, habe ich gefragt. Was hat er erzählt? Wie war es im Jenseits.

Nichts. Nur Dunkelheit und Schwärze. Er war im Nichts. Er kann sich nicht mehr erinnern. Und trotzdem, er hatte eine merkwürdige Ausstrahlung. So, als ob er über allem drüber stehen würde. Sein Ego war gestorben und es war ihm egal, ob und wann er mal sterben würde. Er sagte, der Tod kann immer und überall kommen. Es ist mir egal. Seine Frau weinte zu Hause und hatte Angst, dass er irgendwann einfach wieder umfallen würde. Ihm war es jedoch egal. Komisch könnte man sagen. Er hatte kein klassisches Nahtoderlebnis und trotzdem hatte der kurze Tod, ihn und sein ganzes Leben verändert.

Er war im Nichts gewesen und es war angenehm für ihn gewesen. Danach war er vom Leben kuriert. Könnte man sagen.

Er war auch nach seiner Wiederbelebung 10 Tage im künstlichen Koma gehalten worden. Er war Raucher gewesen. Und als Nichtraucher wieder erwacht. Sogesehen muss man Rudolf Steiner widersprechen, der behauptet hatte, die Süchte würden im Tod fortbestehen. Dem war aber nicht so. Nun war er immer ein stets gut gelaunter Mensch unter Vorgesetzten und Freunden.

Er brauchte nichts mehr zu spielen oder anderen etwas vorspielen, denn er war mit sich im Reinen.

Das war erstaunlich. Und doch gibt es öfter als man denkt, ein Geschehen wie dieses am Rande des Lebens. Die Ärzte hatten schon aufgeben wollen. Hatten ihn sechsmal wiederbelebt. Und ihm dann noch einen Versuch gegeben. Und er war zurückgekommen.

Gott sei Dank, denn er hatte eine kleine siebenjährige Tochter, die ihn brauchte. Er aber hatte losgelassen. Völlig und ganz. Ihm machte keiner mehr was vor.

Er musste kein Duckmäuser und auch kein Kriecher mehr sein. Er war zurück in seiner ureigensten Authenzität.

Er war von Hobby Bodybuilder. Die Ärzte sagten, dass ihm das vielleicht das Leben gerettet habe. Seine Konstitution war stark. Und eine fürReha, die für andere ein Jahr gedauert hätte, brauchte er nur 10 Tage. Mein Freund sagte, dass dieser Mann, den er getroffen hatte, nicht gerad gebildet gewesen sei. Vielmehr ein ganz schlichter Mann, eventuell aus dem Proletariat. Aber die Wirkung dieses Mannes in seinem Sein auf einen Selbst war sehr Frieden bringend. So schilderte es zumindest mein Freund. Dieser Mann war mit sich selbst im Frieden und konnte jederzeit gehen. Es war ihm gleich.

Sollte der Tod doch kommen. Für ihn war es der ewige Friede. Diese Begegnung mit diesem Mann hatte meinem Kumpel den Tag gerettet. Er hatte nämlich

Schichtdienst mit selbigen Mann geteilt.

Und so kam es, dass ich auch noch was davon abbekam. Ich erlebte einen Freund, der mitgetragen worden war, von dem, was er an diesem Tag erlebt haben durfte. Mein Kumpel war an diesem Abend sehr spendabel. Und ich war fast ein wenig neidisch, dass ich diesen Mann nicht hatte kennenlernen dürfen.

Die Welt war schwanger. Schwanger von einem neuen Bewusstsein unter den Menschen. Die Menschen hatten Jahrtausende lang ihre Schmerzen getragen und ertragen und sie von Tag zu Tag fortgetragen ohne Linderung. Das war jetzt bald vorbei. Die Menschen würden hingehen und ihren Schmerz bedingungslos annehmen. Sie würden bewusst atmen und sich des Seins erfreuen.

Es war eine kritische Masse entstanden von Menschen

mit diesem neuen Bewusstsein. Auch waren sie sich ihrer spirituellen Dimension bewusst und sie waren sich dessen bewusst, ewige Wesen zu sein, die von Körper zu Körper wanderten, um ihre Erfahrungen zu machen. Sie glaubten nicht mehr an Reinkarnation; sie wussten um sie. Trotzdem wussten sie auch, dass jedes Leben einzigartig war mit all seinen Herausforderungen.

Und wenn das Kind bald zur Welt gelangen würde, dann würde die Menschheit in ein neues Zeitalter kommen.

Viele negative Kräfte arbeiteten dagegen. Quasi um zu verhindern, dass sich die alte Welt verabschieden würde.

Gewisse Machthaber der Negativität hatten sich manifestiert und trieben die Menschen weltweit in Angst und Sorge. Sollte doch die Geschichte wahr werden mit einem großen Atomkrieg und einem jämmerlichen Leben danach?

Das durfte nicht sein. Und deshalb war die Menschheit schwanger geworden. Auch hatte dies die Menschen weltweit dazu gebracht, vielleicht täglich zu meditieren und den Frieden im eigenen Inneren zu finden.

Damit der individuelle Frieden den Frieden des Ganzen herbeizaubern werde.

Diese Menschen verstanden sich als Werkzeug Gottes oder einer höheren Macht und hatten ein kosmisches Bewusstsein. Sie mischten sich nicht unbedingt ein in die große Politik oder in ein großes ethisches Helfen. Deshalb waren sie trotzdem nicht ignorant und halfen, wo sie helfen konnten. In ihrem kleinen Umfeld und Rahmen. Es blieb zu hoffen, dass diese kritische Masse an Menschen immer größer werden würde und die Welt, die am Abgrund stand, wie seit eh und jeh, retten würde. Das Bewusstsein bzw. der Bewusstseinswandel hatte die Welt erfasst und die Welt war eben schwanger geworden. Jetzt galt es mehr und mehr Menschen für diese neue Aufgabe des Bewusstseinswandel zu finden.

Die große Transformation war im Gange.

Die Transformation von der alten Gesellschaft und alten Welt zu einer neuen Welt. Und das war kein frommer Wunsch mehr, sondern real.

Meine Freundin Claudia weint. Am Telefon. Sie ist zu sehr in ihrem eigenen Schmerzkörper gefangen. Und sie sieht keine Lösungsmöglichkeit. Sie lebt in der Isolation auf Lesbos, Griechenland.

Sie hat da keine Freunde, nur eine Zugeh Frau. Und einen Arzt. Aber der ist kein Freund.

Viele Menschen stecken in ausweglosen Situationen fest und wissen nicht mehr ein noch aus.

Ich habe Claudia geraten, anzufangen, darüber zu schreiben. So könnte sie es transzendieren, denke ich.

Im Grunde genommen sind wir zwei Künstler, die sich

gefunden haben. Jeder auf seine Art.

Es sind im Grunde genommen Existenzfragen.

Existenzbedingungen, denen wir uns nicht stellen wollen.

Manchmal spielt einem das Schicksal auch hart mit.

Und man denkt sogar an den eigenen Tod.

Als letzten Ausweg. Aber ist es nicht die Aufgabe eines Jeden das Leben auszukosten bis zum Letzten?

Keinen Ausweg sollte man suchen, sondern eine Lösung der widrigen Umstände.

Und wenn man von anderen abhängig ist? , könnte Jemand fragen. Ja, dann hat man wenig Möglichkeiten.

Denn im Leben musst du immer sehen, dass andere keine Macht über dich bekommen und du ihnen nicht ausgeliefert bist. Sonst hast du schlechte Karten.

Sie treiben ein Spielchen mit dir, weil du fest in ihrer Hand bist. Sie haben an diesem Machtspielchen Gefallen. Und du leidest.

Claudia zum Beispiel ist von der Gunst der eigenen Mutter abhängig. Und dann macht sie immer Druck. Sie kann auch mich nicht leiden. Und will, dass der Kontakt beendet wird.

Das können wir uns beide nicht vorstellen. Denn wir haben schon zu viele geteilte Erlebnisse und sind aneinander gewachsen und es ist eine Bindung entstanden.

Manchmal bin ich zwar froh, dass sie weit weg ist und mir nicht auf die Nerven gehen kann, aber irgendwie fehlt sie mir auch.

Hoffentlich wird Claudia nicht mehr soviel weinen müssen. Vielleicht kommt sie zu Besuch nach Deutschland. Schon bald. Das wäre schön.

So geht man seiner Wege. Und wundert sich über Terroranschläge und Amokläufe. Das sind die Ausläufer der alten Zeit. Die offene Gesellschaft kämpft gegen diese Tendenzen. Aber sie ist machtlos gegen eine Handvoll Irrer, die in eigenem Namen oder im Namen Allahs der Welt das Verderben bringen.

Man wundert sich. Wir waren gastfreundlich. Haben die Fremden aufgenommen. Und jetzt können sie sich noch nicht mal benehmen. Ins Rechte Lager zu wechseln bringt auch keinen Vorteil. Weil wir alles Menschen sind, mit einer gewissen Sterblichkeit und Freundlichkeit. Man kann schnell in die Fänge der Rechten gelangen, wenn man sich selbst vergessen fühlt und ausgegrenzt. Aber das ist keine Lösung in einer offenen Welt. Die Grenzen sind gefallen und jeder kann sich überall aufhalten. Es gibt natürlich immer noch gefährliche Gegenden in denen man leichter dem Tod zum Opfer wird als anderswo.

Aber ich denke, auch das wird sich wandeln.

Elendsviertel mit tausenden von Kindern und ganze

Landstriche in denen Hunger herrscht. Auch vor diesen sozialen Schichten wird der Bewusstseinswandel der Welt nicht Halt machen.

Man kann natürlich helfen. Mit Geldspenden. Aber leider hat man oft selbst nicht genug, um überhaupt spenden zu können.

Der Sozialstaat ist ein Wunder und man kann leben, wie das Baby am Mutterbusen. Das ist nicht überall so. Sondern fast ausschließlich in ein paar erlesenen westlichen Nationen. Gerade deshalb wollen soviele zum Beispiel von Afrika zu uns rüber. Aber sie vergessen, dass wir ganz andere Probleme haben. Wie zum Beispiel all unsere Rechnungen, die wir bezahlen müssen. Und die teuren Lebensmittel. Ganz zu schweigen von den Luxusartikeln. Wenn wir in einer Welt leben wollen, dann muss eine Gleichstellung erfolgen und das wirtschaftliche Gefälle muss ein Ende finden. Dann werden Menschen auch nicht mehr aus

Verzweiflung auf ein überfülltes Boot im Mittelmeer steigen oder sonst auf halsbrecherischen Weg ihr Leben riskieren, um es zu retten.

Wie gesagt, ich glaube die Zustände werden sich bessern. Sowohl der Terror wird ein Ende finden als auch die große Ungleichheit in den sozialen Gegebenheiten auf der Welt.

Vielleicht wird es immer ein paar Verückte und Fanatiker geben. Aber das ist nicht die Mehrheit.

Mal wieder rufe ich Claudine an. Und sage: ich soll dich grüßen, von der Frau Steuerung Drans van Stanz!

Ein bisschen Spaß muss sein und nehme ich ein wenig von der Schärfe heraus, in der wir uns beide befinden.

Isolation und Existenzprobleme heißen unsere Probleme. Und unglücklich sein. Überdrüssig sein von den ganzen Dingen, die sich täglich wiederholen und die uns somit den letzten Nerv rauben.

Man führt eine monotone Existenz, wenn man überhaupt von einer Existenz sprechen kann oder von einem Leben.

Die Frau Steuerung Drans van Stanz lässt zumindest für eine Weile ein Lächeln aufkommen seitens Claudine.

Kennst du überhaupt Leute, die Steuerung heißen?, frage ich Claudia. Sie sagt lakonisch: Nein.

Na ja, antworte ich, war ja klar.

Oft auch frage ich mein Telefongegenüber ob alles klar ist. Das wird meistens verneint.

So gehen die meisten Menschen leidend durchs Leben und hoffen auf eine Erlösung in der Zukunft.

Die Erlösung kann aber immer nur im Augenblick stattfinden. Mit der völligen Annahme des So seins der Zustände. Das fällt mir besonders nicht leicht, denn ich war ja mal ein Psycho. Aber das ist Vergangenheit und so muss sich jeder mit seinem Leben arrangieren.

Vielleicht auch kommen tatsächlich einmal bessere Zeiten. Zeiten in denen einem die täglichen Ausgaben nicht mehr soviel von dem Existenzvermögen ausmachen. Zeiten in denen wir wirklich mehr lachen können und in denen uns unsere Beschäftigung Freude bereitet.

Zeiten, in der jeder seiner Bestimmung nachgeht und mit ihr Erfüllung findet.

Zeiten, die uns vor Erfurcht und Demut aufbrausen lassen, weil wir uns als kosmische Wesen verstehen, die an einem ganz bestimmten Platz ihr Zuhause haben.

Zeiten, in denen mehr Lebensfreude da ist und in der die Frau Steuerung Drans van Stanz überflüssig wird.

Wieso quält man sich so am eigenen Leben? Wahrscheinlich weil man soviele Widerstände hat gegen das Sosein. Ich bin jemand, der schnell das Weite sucht und auch Massen kann ich nicht vertragen.

Ein, zwei Menschen in meiner Umgebung und ein Hund reichen mir vollkommen aus.

Ich bin auch froh, dass ich keine Kinder habe. Ich hätte nicht die Muße und Hingabe mich um sie zu kümmern. Statt dessen will ich meine Ruhe haben. Und die habe ich zu Genüge.

Ich genieße die täglich Ruhe und nutze sie kreativ, zum Schreiben oder Komponieren und die andere Zeit kümmere ich mich um meinen Hund.

Man kann die Ruhe also auch im Leben selbst genießen und muss nicht auf die ewige Ruhe warten.

Und ich glaube nicht an die ewige Ruhe. Ich glaube

hinter dem Spiegel befindet sich eine ähnliche Welt, wie die unsere, nur dass da kein Geld ist und auch keine Krankheit. Versuche das Leben im Leben zu erleben und sie aufmerksam. Vielleicht wirst du den Frieden finden ohne schon tot zu sein.

Das große Alpha und das große Omega. Alles hat Anfang und Ende. Transformation der Zustände. Alles was ist, ist durch ihn und geht auf ihn hin, heißt es in der Bibel. Erich Fromm schrieb das Buch: Ihr werdet sein wie Gott. Es gab auch glaube ich mal einen Bestseller Anfang des Jahrtausends "Becoming like God". Es kann aber sein, dass die Welt jenseits der Maya an Beständigkeit und Permanenz besitzt. Also eine Welt, die an sich ewig ist und nicht dem Prinzip von Werden und Vergehen unterworfen ist.

Es kann sein, dass wir alle Schöpfer werden sollen. Kreationsfähig. Gebärungsfähig.

Aber sind wir dann gleich so allmächtig wie Gott. Und wieso lässt Gott diese Grausamkeiten auf der Welt zu, wenn er so allmächtig ist? Wieso intervenieren die höheren Mächte nicht zu Gunsten der Guten?

Fragen, die ich auch nicht beantworten kann. Die alte Theodizee Frage, die Leibniz schon stellte, nachdem Lissabon von einem Erdbeben erschüttert worden war. Gott an sich aber leidet wenigstens nicht. Es ist an der Zeit das Leiden aufzugeben und in einem ruhigen Fahrwasser zu leben. Die Gefühlswallungen, die uns überkommen sind nicht immer gut. Meistens ist es eine Form des Ärgers und unterdrückte Wut, die zudem Angst erzeugt. Die Stoiker mahnten zur Ataraxia, der Unberührbarkeit der Seele; ein Zustand der völligen Gefühlskontrolle, der dich in die ruhigen Fahrwasser bringt und alles und jedes mit Gleichmut erdulden lässt.

Die völlige Kontrolle bringt also die ersehnte Freiheit. Das Losgelöstsein von den irdischen Begierden und negativen Gefühlen.

Vielleicht ist das, das Sein wie Gott. Das So sein, den Ist Zustand anzunehmen und dann seiner Wege zu gehen. Denn das könnte der lang erhoffte Frieden und die lang ersehnte Freiheit sein. Die alten Schulen waren nicht schlecht und in Delphi stand auf dem Eingangsportal in großen Lettern: Gnoti eauton! Erkenne dich selbst! Erst dann, wenn das geschehen war, war man bereit für die Mysterien von Delphi. Selbsterkenntnis als eine Form der Bewusstmachung von latenten Tendenzen, die sich in dir und um dich herum befinden.

Bewusstmachung empfahl auch Sigmund Freud als Weg der Heilung. Wir schulden noch dem Asklepios einen Hahn, sagte Sokrates als er den Schierlingsbecher getrunken hatte. Dem Asklepios wurde immer dann ein

Hahn geopfert, wenn ein Mensch von einer Krankheit geheilt worden war. Sokrates war vom Leben geheilt. Und deshalb wollte er einen Hahn an die Gottheit spenden.

Das Leben betrachtete er deshalb, mag sein, als Krankheit. Von der er nun genesen war.

Sollen wir alle das Leben als Krankheit ansehen, von der man geheilt werden muss?

Nein. Das ist ein schlechter Gedanke. Es kann sein, dass Krankheiten uns transformieren lassen und gewisse Sequenzen besser lernen lassen, als wenn wir ganz gesund wären. Aber zuletzt muss man Krankheit hinter sich lassen, denn Gott ist ja auch nicht krank. Und wenn wir werden wollen, wie Gott, dann müssen wir einfach da sein und die Welt genießen wie sie ist, würde ich sagen. Denn wir sind der Weg Gottes zu sich selbst. Gott wollte die Welt erfahren durch seine eigene Schöpfung. Und so sind verschiedene

Kameraperspektiven Gottes entstanden, die die eigens kreierte Welt wahrnehmen können und sich dessen erfreuen können. Das heißt in einem dann auch, dass es eine geistige Welt gibt, die sich durch uns selbst erfahren wollte. Eine höhere Intelligenz, der wir alle entspringen und zu der wir einst zurückkehren werden.

Der Weg des Menschen durch die Zeit. Es war viel Zeit seit damals als man die Höhlen verlassen hatte.

Es waren Städte entstanden und Kosten zum Leben. Inzwischen waren es über sieben Milliarden auf der Welt. Eine riesige Bewusstseinsmaschine war entstanden. Nachts waren die Menschen alle in gewissen Traumwelten, an die sich die meisten am Tag nicht mehr erinnern konnten.

Manch einer meinte sogar, er träume gar nicht, weil er das Geschehen sofort im Tagesbewusstsein wieder vergaß.

Vielleicht sollten wir alle ein wenig mehr auf unsere Träume achten und sie mag sein auch aufschreiben.

Das Leben wird dadurch definitiv länger, weil man sich der erlebten Zeit erinnert.

Ich mache das schon seit 20 Jahren und es ist mir gut bekommen.

Es ist eine Form der Realität, der wir uns alle stellen müssen. Es gibt Richtungen in der Traumforschung, die die erlebte Realität der wirklichen Wirklichkeit gleich stellen. Sie sagen also, der Traum ist auch eine Wirklichkeit.

Nur manchmal ist es ein so wirres Geschehen, so dass man es lieber vergisst. Heute Nacht war ich ein Autodieb. Das war kein schönes Erleben und ich vergesse es lieber gleich wieder.

Es kommt aber auch vor, wenn auch nur selten, dass man in wunderschönen Parkanlagen oder Gärten verweilt. Man bekommt einen Vorgeschmack auf das Jenseits in solchen Momenten.

Danach wacht man wie gesegnet auf und verrichtet sein Tagewerk. Ich bin überzeugt, dass wir die Menschen, die uns nahestanden, wiedersehen werden, wenn wir einst himmeln. Wir werden unsere verstorbenen Eltern zum Beispiel in die Arme schließen dürfen. Gitta, meine Tante, sagte mir, daran glaube sie nicht. Sie denkt, dass sie ihren verstorbenen Mann nie wieder sieht. Ich habe versucht ihr das auszureden. Aber manch einer hat eine eiserne Überzeugung.

Manchmal auch träumte ich von meiner vergangenen Existenz in den Höhlen der Steinzeit. Und auch träumte ich von der Zukunft, von meinem Leben in einer riesigen Stadt. Es mochte sein, dass unsere Leben parallel abliefen und das jedes Leben für sich in sich ruhte. Das sollte heißen, dass das Leben an sich einzig war und blieb und doch dass man mehrere Leben lebte in anderen Zeiten. Marina sagte zu mir, sie kenne mich aus vergangenen Leben. Ja, mir kam es auch so vor. Viele meiner Weggefährten kannte man aus vergangenen Zeiten. Jede Zeit an sich war unmittelbar zu Gott, hatte Leopold von Ranke gesagt. Ich glaube, er meinte, dass jeder in der Zeit, die ist, das Beste tut, um sie durchzustehen. Nur Gott konnte die Zeit an sich dann aus der großen objektiven Perspektive betrachten und sehen, das sie gut war.

Wir hatten einen goldenen Oktober. Mal wieder. Jetzt hieß es noch mal Kraft tanken für den langen, langen Winter. Eigentlich war das lachhaft, denn der Winter im Rheinland war sowieso sehr mild. Zumindest meistens. Heute war der 15. Oktober und es war nochmal 22 Grad warm. Ich hatte überlegt schwimmen zu fahren aber dann doch nicht. Mir war die Autofahrt zum Baggersee zu weit und zu lang. Stattdessen telefonierte ich mit Claudine. Sie langweilte sich auf Lesbos. Ich hatte nach einem Flug geschaut, aber das waren Reisezeiten bis zu 20 Stunden. Das konnte keiner aushalten.

Jörg, ein Freund, hatte mal wieder Ärger mit den Nachbarn. Er rauchte Pfeife und für die Nachbarn war das eine Geruchsbelästigung. So weit waren wir gekommen hier in der westlichen Welt, so dass man noch lange nicht mehr das machen konnte, was man wollte.

Ich hatte die Heizung wieder ausgemacht. Weil es heute ja so warm war. Charly meinte sogar, es wären 28 Grad im Schatten. So war das ein ganz normaler Sonntag im Oktober. Claudine meinte, es gibt nichts Gutes, außer man tut es. Erich Kästner habe diesen Satz gesagt. Sicher gab es das Gute an sich, und wenn man Gutes tat, dann mehrte sich das Gute auf der Welt.

Mein gutes Tun für den heutigen Tag beschränkte sich

auf ein paar Telefonate mit Freunden und Verwandten.

Gitta war von einem Schweizurlaub zurück und ich hatte sie herzlich willkommen geheißen, in der Heimat. Sie berichtete von dem schönen Hotelblick in Lausanne auf den Genver See und die schneebedeckten Alpen in Neu Chatel. Außerdem von dem riesigen Bahnhof in Zürich, an dem sie alle Mühe gehabt hatte, das richtige Gleis zu finden beim Umsteigen.

Ich sagte, ja ich war schon mal in Zürich am Bahnhof. Ich weiß, der ist groß.

Man konnte sich gar nicht vorstellen, dass der Winter vor der Türe stand. Es war nämlich richtig warm geworden. Vielleicht würde es noch ein paar Tage so schön bleiben...

Man sollte also das Leben nutzen, um den Frieden zu

finden. Nun gut. Man hatte aber nicht alle Tage einen Satori und so ging das Leben weiter. Mit Ärger und Frust. Andrerseits konnte ich mir auch nicht vorstellen, noch viele Leben leben zu müssen. Ich war in diesem Leben schon an so manche Grenze gestoßen und wusste nicht, ob eine erneute Inkarnation mir noch etwas bringen würde. Trotzdem hatte ich weder den Frieden gefunden noch das große Geld. Okay, man konnte sagen, dass ich temporär den Frieden gefunden hatte, aber das reichte natürlich nicht aus.

Traumstudium, Bewusstmachung und Meditation waren in mein Leben getreten. Trotzdem machte es mich nicht glücklich. Ich litt an der Existenz, ich litt am Leben. Das musste ein Ende finden. Ich musste versuchen mehr im Hier und Jetzt zu leben und nicht in der Vergangenheit und auch nicht in der Zukunft.

Das fing mit einem bewussten Spaziergang an und endete in einem bewussten Essen.

Man musste wie immer aufmerksam sein oder achtsam. Das erfüllte einen mit mehr Lebensfreude.

Eine Freundin hatte Karriere gemacht und lebte in New York. War ich eifersüchtig? Oder fühlte ich mich minderwertig, weil ich es nicht so weit gebracht hatte im Leben?

Oder konnte für mich der Turn around noch kommen? Das blieb für mich zu hoffen. Ich hatte es nicht immer leicht gehabt im Leben, durch eine Erkrankung, die mich fast 20 Jahre begleitet hatte.

Gut daran war, dass ich daran gewachsen war und heute die Welt anders betrachtete. Demütiger. Könnte man sagen. Ich war mit der Welt versöhnt, sozusagen.

Und wieso sollte man eifersüchtig sein auf Leute mit Erfolg? Ich kannte vielfach das Gegenteil. Leute, die viel Misserfolg im Leben gehabt hatten.

Vielleicht musste man da selbst etwas ändern und die Gedanken positivieren. Das heisst, man sollte mehr an den eigenen Erfolg und das Gelingen des Lebens glauben. Dann würde der Rest von alleine folgen.

Wie gesagt, über ein Jahr schon machte ich jetzt Bekräftigungen zum Guten. Und langsam zeigten sich die Früchte dieser schwierigen Gedankenarbeit.

Jeder war der Herr über sein Leben und zu einem großen Teil auch für das verantwortlich, was ihm täglich geschah. Wir mussten alle unsere Opferrolle verlassen und in ein Leben mit Selbstverantwortung treten.

Nach dem Motto: hilf dir selbst, dann hilft dir Gott. Dann auch konnte man den Frieden finden im Leben und im Sein.

Letztens habe ich mich gefragt, was wohl vor 1000 Jahren an dem "Ort meines Lebens" gewesen ist?

Wer hatte hier gelebt und was hatten sie für Nöte und Sorgen und wie sind sie gestorben?

Vor 1000 Jahren regierte Kaiserin Kunigunde von Luxemburg über das Heilige römische Reich deutscher Nation. Und sagen wir, hier, ob es den Ort schon gab, weiß man nicht, sagen wir einfach, hier lebte die Familie Mömerz. Die Familie hatte ein Langhaus an der Quelle in unserer Straße und sie lebten von der Landwirtschaft. Sie hatten kein elektrisches Licht und nur eine Feuerstelle, aber 3 Töchter und 2 Buben.

Alt wurde man nicht gerade in diesen Zeiten. Ich wäre mit 43 schon ein Opa gewesen. Vielleicht lag die Lebenserwartung etwas über 30.

Jetzt, da, wo meine Eltern vor 50 Jahren ein Haus gebaut haben, war nur Wald und Wald und Wald.

Wir waren noch nicht ins Geschehen der

Weltgeschichte getreten, es sei denn, wir bewohnten einst andere Körper. Mich stimmt das nachdenklich und ich versuche mich in die Zeit der Familie Mömerz hineinzuversetzen. Jede Zeit hatte ihre ganz bestimmten Ansprechpartner. Das soll heißen, Menschen mit denen man reden konnte. Und dann in spätestens 100 Jahren war alles vergessen. Nur die Nachkommen blieben noch von der Familie Mömerz. Heute heißen sie Mömerzheim, weil der Name sich über die Jahrhunderte verändert hat. Der Ort hieß früher mal Alvetra, heute Alfter. Das ist das Dorf in dem ich wohne. Jetzt hatten wir gerade 950 Jahrfeier. Dann liege ich mit meinen Spekulationen ja gar nicht so falsch. Die Welt war nicht so bevölkert und es ging ums Überleben. Heute geht es auch noch ums Überleben, aber anders. Semper idem, semper aliter, sagt der Römer. Immer gleich, immer anders.

Das sollte jetzt eine kleine Zeitreise gewesen sein.

Und sie kann fortgesetzt werden. In die Zukunft. Sagen wir Alfter in 1000 Jahren. 3017. Dann sind wir alle, die wir leben längst zu Staub verfallen. An solch einer Endlichkeit kann man deutlich unsere Ewigkeit erkennen. Denn haben wir nicht alle das Gefühl schon immer dagewesen zu sein? Seit aller Zeit und aller Zeiten? Kaiserin Kunigunde hat die Zeit überstanden. Sie ist Geschichte. Damals hat sogar die Familie Mömerz von ihr gewusst und unter ihr gedient.

Heute heißt die Herrscherin Angela Merkel. Interessant, dass 1000 Jahre später wieder eine Frau Deutschland regiert. Die Welt hat sich sehr gewandelt. Und wir befinden uns in einer Zeit der technologischen Revolution. Vielleicht kann man in 1000 Jahren wirklich schon Menschen "beamen" und wir, die Menschen bewohnen Mond und Mars.

Es ist spannend. Spannend jetzt dabei zu sein.

Eine Freundin von mir, macht sich Sorgen um die Zukunft. Vor allem um ihre eigene Zukunft. Leider ist das ein Phantasiegebilde, denn die Zukunft ist nicht real und sie ist noch nicht da. Viele Menschen leben in der Zukunft oder in der Vergangenheit.

Man sollte aber in der Gegenwart leben, denn nur da findet das Leben statt. Im Prinzip ist immer Jetzt und wir leben auch nur im Jetzt. Wenn uns Jemand fragt, ob das Leben lang oder kurz war, so ist die Frage an sich etwas blöd. Denn wir haben immer nur im Augenblick gelebt. Von Moment zu Moment. Und ob uns das insgesamt nun lang vorkommt oder kurz, das ist überflüssig.

Also was soll sich Mireina Sorgen um die Zukunft machen und zudem wahrscheinlich noch düstere Zukunftsvisionen. Der Geist materialisiert die Wirklichkeit. Vielleicht sollte sie mal eine positive Entwicklung visualisieren und anstreben eine solche auch zu verwirklichen. Manchmal spielt einem das Leben jedoch hart mit und Mireina ist zur Zeit in einer Klinik. Sie hat unter anderem Größenphantasien, wie zum Beispiel, sie sei der Weltenretter.

Nur leider habe ich erklärt, dass die Welt nicht gerettet werden will. Die Welt hatte längst einen Retter und den hat man unsanft behandelt.

Zudem glaubt sie nun, dass sie nur noch ein paar Jahre zu leben hat und dass sie von einem Unfall aus dem Leben gerissen wird. Ich habe ihr ganz kühl zu verstehen gegeben, dass, wenn sie es so genau weiß, was sie in der Zukunft erwartet, sie sich dann ganz gut darauf vorbereiten kann.

Leider ist das gesamte Umfeld einer psychiatrischen Klinik auch nicht gerade das ideale für eine positive Sicht der Dinge. Ich habe ihr gesagt, das Leben wartet auf dich. Geh wieder zurück in dein Leben und gestalte es.

Im Moment ist sie ziemlich aufgeschmissen mit ihren Gedanken, die zum größten Teil destruktiv sind.

Aber sie faselte auch so etwas, wie, "es gibt eine geistige Welt". Ja, natürlich gibt es die. Sie hatte Stimmen gehört und plötzlich an der Drei D Realität gezweifelt. Vielleicht gab es ja doch mehr, als nur die materielle Welt! Keine Seele bleibt ewig unwissend.

Und so sammelt jeder seine Erfahrungen. Manchmal dauert es lange, aber Platon sagte schon, dass die Seele jeden Tag einen Tag jünger wird.

Und der Körper, den sie bewohnt wird älter.

Leider kann ich im Nachhinein nur wenig Profit aus meinen psychiatrischen Phasen ziehen. Aber es ist wahr, dass man dann näher an der geistigen Welt ist.

Einmal, so erinnere ich mich, bin ich in Hamburg gewesen und war total aufgegangen in einem Moment am Bahnhof Altona. Ich hatte für einen kurzen Moment das Jetzt erfahren und hatte einen riesig, großen

Seelenkörper.

Dies war eine Art Mini Erleuchtung im Rahmen einer psychotischen Erkrankung, die ich aber auch nicht missen möchte.

Manchmal lässt sich psychotisches Erleben im Nachhinein verwerten und in eine positive Lebenseinstellung umwandeln.

Was soll man sich also Sorgen um die eigene Zukunft oder die Zukunft der Welt machen?

Die Zukunft erwartet uns und wir werden das Beste aus ihr machen.

Wenn wir schon einmal bei dem leidigen Thema Psychiatrie sind, will ich folgendes von mir erzählen: Einmal im Leben habe ich eine Elektro Krampf Therapie hinter mich gebracht. Es ist jetzt fast 20 Jahre her und ich war damals extrem depressiv und suizidal. Ich hatte den Gedanken mich umbringen zu müssen so oft gedacht, so dass ich ihn tatsächlich in die Tat umsetzen musste. Ich war mit meinem Bruder an der alten Ritual Stelle gewesen und wir hatten Feuer gemacht. Ich sagte, ich gehe Holz sammeln, statt dessen nahm ich heimlich die Hundeleine mit, stülpte sie um meinen Hals, machte sie an einem Baum fest und sprang in die Tiefe. Und? War ich jetzt tot? fragte ich mich. Nein. Die Leine war gerissen und ich war auf dem Boden gelandet. Grund genug damals für meinen Vater mich der Psychiatrie anzuvertrauen. Medikamente halfen nicht und ich sprang überall runter, nach wie vor. Dann hatten die Ärzte den Einfall einer EKT, Elektro Krampf Therapie und diese zeigte schon Wirkung nach der ersten Anwendung. Die EKT hatte mein gesamtes Nervensystem lahmgelegt und so vergass ich langsam meine suizidalen Gedanken. EKT ist wie ein Neustart. Alles wird auf Null runtergefahren. Auch meine Fremdsprachenkenntnisse musste ich erneut lernen, nach der EKT.

Es war eine Erkrankung, die ich Gedankenkrankheit nenne. Ich hatte zu oft den Gedanken gedacht, dass ich mich umbringen würde und dann gab es nur noch diesen Gedanken und den Zwang diesen in die Tat umzusetzen. Ich hatte mich damals nach der Entlassung einem Priester anvertraut und ihm gesagt, dass ich gesündigt hatte durch die eigenen negativen Gedanken. Aber er sagte, mich treffe da keine Schuld. Das sah ich ein wenig anders. Aber er vergab mir im Namen des Allmächtigen und ich ging wieder meiner Wege. Heute versuche ich das Gegenteil. Durch positive

Gedanken meine Welt zu erschaffen und mir ein erträgliches Leben zu ermöglichen.

Das musste möglich sein. Denn es hieß ja auch im Vater unser: wie im Himmel, so auf Erden. Was heißen sollte, wie im Kopf, so in der Realität.

Schaffe deine Wirklichkeit. Erschaffe sie.

Jeder ist heutzutage mit seinem Handy beschäftigt.

Ich finde das nicht gut und es ist irgendwie ein Kommunikationstöter! Zum Beispiel, sitzt man im Wartezimmer beim Arzt und alle spielen mit den Dingern rum. Irgendwelche Nachrichten müssen stets geteilt und mitgeteilt werden. Fotos werden soviele gemacht, wie noch nie zuvor. Die Welt der Informationen ist jedem und überall verfügbar.

Zweifellos leben wir im Informationszeitalter.

Leider wie gesagt, glaube ich, dass die Handys die Kommunikation zwischen den Menschen erschweren.

Der Kontakt zum Gegenüber wird schwieriger, weil ja soviel andere Welt in dem anderen erkannt wird, der man selbst nicht teilhaft werden kann.

Jutta, eine Freundin, älteren Jahrgangs, mag die Dinger nicht und sagt, sie seien eine schlechte Erfindung.

Ich fand es befremdlich als dann endlich anfang des Jahres 2017 das Fernsehen auf dem Handy ankam.

Ich konnte kein Fernsehen mehr über meinen DBVT Empfänger bekommen, weil man Ende März das System auf DBVT II umgestellt hatte.

Somit war ich gezwungen, das Fernsehen auf dem Handy zu gucken. Aber man gewöhnt sich so schnell an die komischen Zustände und bald sind sie normal, so als sei es immer so gewesen.

Gut oder gerecht, finde ich das nicht. Denn ich würde lieber wieder Fernsehen in einem größeren Format gucken. Das alte Fernsehen hat sowieso fast ausgedient. Denn die Informationen sind immer und überall stets abrufbar. Wen interessiert da schon eine Serie, wie in den Achtzigern mit Werbeunterbrechung und so weiter. Viel lieber guckt man Youtube Kanal und zwar dann, wenn man Lust dazu hat und ohne Werbeunterbrechung.

Ich bin auch etwas altmodisch, was die neuen Medien anbelangt. Ich fände es schön, wenn es das alte

Fernsehen wieder geben würde, mit Empfang über Antenne. Aber es lässt sich wohl nicht zurückdrehen. Manchmal, wie gesagt, ist das Handy ein Hindernis eine Frau, für die man sich interessiert, kennenzulernen. Im Cafe zum Beispiel, wagt man es nicht einer Frau ein Kompliment zu machen, die zu sehr mit ihrem Handy beschäftigt ist, weil sie hat wohl schon andere Interessenten, sonst würde sie mir ja mehr Aufmerksamkeit schenken!

Andrerseits finde ich die moderne Zeit sehr schön. Auch, dass soviel Wissen stets verfügbar und abrufbar ist. Früher brauchte man dicke Lexika, heute hat man Mister Google. Zuletzt ist mir die ganze Sammlung von 2 Jahren Fotos auf meinem Händy verlustig gegangen. Da war ich ganz schön geknickt. Dann konnte mein Bruder den größten Teil der verlorenen Daten wiederherstellen und meine Individualhistorie war gerettet.

Da sieht man, wie sehr man sich von den Handys abhängig macht.

Man kann das Rad der Zeit nicht zurückdrehen. Jeder muss selbst sehen, wie er mit den neuen Geräten klar kommt. Aber dann hat es schon was Gutes, wenn man einen alten Staubsauger hat. Oder noch kein Elektroauto. Sondern einen alten Benziner.

Und wenn man erstmal die Handynummer von einer Frau ergattert hat, dann kann weiteres folgen.

Glaubst du vielleicht, dass die Technik mal zur Bedrohung wird? Dass Roboter entstehen, die quasi als zweite Intelligenz das menschliche System unterwandern werden und schließlich die Macht über die Menschheit übernehmen werden?

Ich persönlich glaube das nicht. Das sind dunkle Szenarien einer Zukunft, wie aus einem Hollywood Film. Es kann ja sein, dass eine neue Intelligenz entstanden ist mit diesen Computern aller Art. Vielleicht ist sie auch eine Lebensweise. Aber ist sie deshalb beseelt und lebensfähig?

Stoffwechsel ist ein Merkmal des Lebens und Fortpflanzung. Diese Art von Leben könnte sich dies beides sparen.

Man denke sich zum Beispiel all die Computer und Informationen, die verloren gegangen sind beim World Trade Center Anschlag 2001. Sicher war es ein Verlust.

Aber war es auch ein Tod?

Beim Brand der alexandrinischen Bibliothek in der Antike, ist der Menschheit sehr viel an Wissen und Information der alten Welt verloren gegangen. Keine Ahnung, wo wir heute stehen würden, hätte dieses Ereignis niemals stattgefunden.

Die Computer sind zum größten Teil Informationsträger in der modernen Welt. Sie sind dafür geeignet, außerdem, Arbeiten zu verrichten, die sonst von Menschen ausgeführt worden sind.

Die Maschine oder die künstliche Lebensform wird meines Erachtens aber nie den Mensch ersetzen können.

Wir brauchen also keine Angst zu haben, irgendwann einmal von Computern regiert zu werden oder versklavt zu werden.

Vielmehr wird es eine Koexistenz der Lebensformen geben. Mensch und künstliche Intelligenz.

Vielleicht wird man in ferner Zukunft mal einen Android wie Data aus der Serie Star Trek konstruieren können. Aber wie will diese künstliche Intelligenz einen eigenen Willen entwickeln können und eigene Entscheidungen treffen?

Wird es bald Maschine geben, die dir das Frühstück zubereiten oder dir den Haushalt machen?

Es kann sein, dass es dazu kommt. Aber einen Menschen ersetzen können diese Maschinen sicher nicht.

Wir werden alle sehen, was die Zeit und Technologie uns bescheren wird. Bis dahin, heisst es "cool" bleiben.

Es dämmert. Ein neuer Tag bricht an. Ein Sonntag. Bald ist die Sommerzeit vorbei und wir gehen dunklen Tagen nach. Ich habe Ferien. Herbstferien und ich erhole mich.

Vielleicht fahre ich meinen Onkel besuchen nächste Woche. Das hängt von meinem Budjet ab.

Vielleicht auch fahre ich mal zu Jörg. Einem Freund. Er hat unheimlich viele Bücher aus vergangenen Epochen, eine alte Bibliothek. So wird der Besuch bei ihm oft gleich einem Museeumsbesuch.

Man fühlte sich wohl bei ihm.

Er war ein Barokmensch. Er lebte gewissermaßen 2017 wie 1717. Er war sehr vertieft, auch in die Musik aus dem Barok. Ich hatte einmal scherzhaft gesagt, dass er eine Reinkarnation von Friedrich dem Großen sei.

Das gefiel ihm gut.

Viele Menschen haben Wurzeln in vergangenen Zeiten.

Ob sie es wissen und es wie Jörg, mein Freund, auslebten oder nicht, war egal. Ich fühlte mich oft an die Zeit im 2. Weltkrieg erinnert. Meine unmittelbare Vergangenheit. Und auch an ein Leben in den 60er des 20. Jahrhunderts.

Was konkret da war, wusste ich nicht. Es war mehr so eine Ahnung. Manchmal hatte ich Träume von den Kriegszeiten und der Nazizeit. Oft fragte ich mich vergebens, welche Rolle ich damals wohl gespielt haben mochte.

Es ließ sich jedoch nicht klären. Ob man mal einen Reinkarnationstherapeuten aufsuchen sollte oder nicht? Ich hatte mich selbst in Reinkarnationstherapie versucht. Und mit meinem Bruder herumexperimentiert. Es war auch viel Fruchtbares dabei herausgekommen, aber bei mir war es mehr wie eine Ahnung und nicht wie ein Kopfkino.

Zuletzt blieb das Wichtigste das eigene jetzige Leben,

um das man sich kümmern musste.

Der Tag war angebrochen.

Verdammt zum Leben!, war ich. Oft hatte ich alles aufgeben wollen und weglaufen wollen. Das hatte aber nie geklappt. Heute sehe ich es mit einer gewissen Ironie. Es hat nicht sollen sein. Man muss sich dem Leben stellen, egal was es einem bietet.

Sich selbst zu richten war verboten. Ich hatte es mir selbst verboten und auferlegt.

Und damit war ich gut gefahren in all diese Zeit. Sicher kamen manchmal noch suizidale Tendenzen und Gedanken, aber ich war wieder Herr meiner Selbst und konnte mich im Zaum halten.

Wie oft bin ich weggelaufen im Leben? Gerade auch bei der Arbeit. Fehlte mir das nötige Durchhaltevermögen oder war meine

Frustrationschwelle so niedrig?

Mireina sagte zu mir, es ist gut, dass du noch lebst!

Mir kam das alles aber ziemlich komisch vor. Ich hätte nämlich schon vor 22 Jahren den sicheren Tod finden können und war immer noch da.

Einer meiner Brüder hatte sich frühzeitig verabschiedet. Er hatte sich vor den Zug gestellt. Er hatte zwei kleine Kinder und eine Frau und zudem einen guten Job. Aber er konnte es wohl nicht mehr aushalten hier auf der Erde. Schade. Ich vermisse ihn sehr. Sein Selbstmord hatte just an meinem 40.ten Geburtstag seinen Platz gefunden. Aber das war sicher keine böse Absicht von ihm gewesen. Wir waren die zwei Brüder in der Familie gewesen, die bi polar waren und so hatten wir oft viel miteinander zu lachen gehabt.

Ich gebe zu, er war schwierig. Wenn man einmal seine Nähe nur ein paar Minuten ertragen hatte, musste man sich oft danach 4 Wochen davon erholen. Da war irgendeine destruktive Energie in ihm, die unerträglich war. Ich glaube auch, dass dieses Monster sich verselbständigt hatte und er als letzten Ausweg den Tod in Kauf nahm.

Meine Mutter lebte zu diesem Zeitpunkt noch. Sie war zutiefst getroffen. Auf der Beerdigung fragte sie Jörg: Ist das noch zu toppen?

Leider ist mein Bruder auf einem Friedhof begraben, der direkt an einer Bahnlinie liegt. Alle 10 Minuten kommen da Schnellzüge vorbeigefahren. So glaube ich, wird er im Tod auch keine Ruhe finden.

Das ist geradezu makaber. Aber ich habe von den Eltern gehört, dass Johannes in einer Art himmlischen Hospital ist, und sich da gut regeneriert.

Auch Iris, meine Freundin, die mit mir Philosophie studiert hatte, hat sich in Bonn vor den Zug gestellt. Auch das ist traurig. Sie war eine gute Freundin und Weggefährtin. Ich glaube, sie hatte auch Depressionen.

So sind schon viele von denen, die mit mir betroffen waren von einer Art psychischer Erkrankung von mir gegangen, bzw. sie sind mir vorausgegangen.

Ich dagegen habe gelernt, auch durch diese negativen Beispiele, und durch mich selbst, dass man es nicht machen darf. Ich bin eben zum Leben verdammt!

Einmal hatte ich Jesus getroffen in einer Nahtoderfahrung nach einem Suizidversuch. Er hatte mir gesagt: Damian, mein Sohn, du willst sterben?

Wusstest du nicht, dass du ewig leben wirst?

Dein Leben ist ewig.

Ich bin vorsichtig geworden auf dem Weg mit dem Tod. Weil ich inzwischen weiss, dass es mehr als nur die Materie, als die materielle Welt gibt. Und wir werden uns alle mal verantworten müssen vor einem hohen, großen Gericht in den himmlischen Welten.

Und wenn ich was raten kann, dann koste das Leben einfach aus, mit allem, was es zu bieten hat.

Essen, Trinken, Atmen, Reisen und Sex. Um nur ein paar Sinnesfreuden zu nennen. Geniesse das Leben so gut es geht. Denn es ist endlich. Und zugleich unendlich. Was ist schlimmer? Ewig zu sein oder nicht mehr zu sein? Wahrscheinlich steht uns beides bevor.

Ich habe die Krankheit zum Tode. Eigentlich kämpfe ich mit meiner Suizidalität seitdem ich denken kann.

Aber ich habe gesehen, dass man nicht immer weglaufen darf. Nur, die Zustände, die man aushalten muss, sind manchmal unerträglich.

Dann denkt man, es liegt an den Tabletten. Aber nein. Liegt es an den abgewehrten Gefühlen? Mag sein.

Da ist eine ungeheure Wut in mir und diese ständig zu unterdrücken ist so anstrengend. Mag sein.

Ist man überfordert oder ist man unterfordert? Das frage ich mich. Ein wenig Klavierunterricht und viel Freizeit. Dann ist man eher unterfordert. Aber nein. Wenn es mehr wäre, würde man es gar nicht mehr schaffen!

Dann sind es eben die Eltern schuld. Die gar nichts geregelt haben in Punkto Erbe. Das macht einen auch ohnmächtig und wütend.

Hätte die Mutter zu ihren Lebzeiten mir das Haus vermacht, wäre heute alles klar. So aber, ist es eine riesige Erbengemeinschaft, die unter keinen gemeinsamen Nenner zu bringen ist!

Claudine kann auch nicht zu mir ziehen. Die Wohnung ist einfach zu klein für zwei Hunde und zwei Menschen.

Alles aufgeben? In Griechenland neu anfangen? Das wäre eine Möglichkeit, aber diese realisiert sich sicher nicht. Alles aufgeben, hieße einfach, das Haus würde verkauft. Dann wäre ich heimatlos und was gibt es Schlimmeres für einen Krebs, als das.

Auch für meinen Hund James wäre das nicht gut, denn er liebt die Nähe zum Wald und das dörfliche Leben. Gleich kommt ein Freund zu Besuch. Wir machen

Nudeln und Soße und Parmesan. Vielleicht wird mich das ein wenig auf andere Gedanken bringen.

Es ist so ausweglos und zum Verzweifeln.

Wenn man nicht wüßte, dass das alles Gottes Wille ist, wäre man ganz aufgeschmissen. So hat man wenigstens noch den Trost, dass Gott es so wollte. Gott wollte das Abenteuer meines Lebens erleben durch meine Augen und mit meinen Sinnen. Deshalb muss ich am Leben bleiben, solange es nur irgend geht.

Wir alle sind der Weg Gottes zu sich selbst.

Diese Sichtweise gibt mir Trost auch in ausweglosen Zeiten.

Was mich beschäftigt, ist das Alter. Ich meine, wenn du 80 oder 90 bist, dann musst du jederzeit mit deinem Ableben rechnen. Ich finde das komisch. Die Alten feiern groß ihren 90.ten, um dann ein paar Jahre später nicht mehr da zu sein.

Osho meinte ja schon, man solle jeden Tag so leben, als sei es der Letzte.

Ja, aber die Alten müssen so leben. Sie müssen täglich damit rechnen, dass es vorbei ist.

Mich verwundert das. Eben waren sie noch da, hoch geehrt, Professoren, Doktoren und Priester. Dann sind sie Neunzig und es wird groß gefeiert. Googelt man sie dann später, heisst es, sie sind gestorben.

Bei uns macht das nicht soviel aus. Ob Du nun 35 bist

oder 45. Das macht kaum einen Unterschied. Aber ob du 85 bist oder 95, wenn du denn die 95 überhaupt erreichst, das ist die Frage.

Sicher haben sie, die Alten, ein langes Leben hinter sich. Da man aber immer nur im Augenblick lebt und präsent ist, mag man fragen, wen auch immer, ob es nun lang war oder kurz?

Aber ich finde das Verhalten der Alten irgendwie grotesk. Könnte man nicht das Schauspiel zumindest teilweise aufgeben in Anbetracht der eigenen Endlichkeit?

Aber nein. Es wird geschauspielt bis zum bitteren Ende. Nein, man muss Recht behalten bis zum Schluss.

Und es muss das Ansehen bewahrt bleiben.

Mir sagte Jean, 89 Jahre alt: La vie est finie, Damian! La vie est finie! Ja das Leben ist vorbei mit 89, das sollte man meinen. Die Transzendenz ist gestorben. Mit 50 hatte so ein Leben noch eine Transzendenz von 40

Jahren. Diese ist jetzt aufgebraucht.

Was soll man da antworten, auf so einen Spruch. Zumal wenn es ein guter Freund ist?

Ja, man muss den Leuten sagen, dass das Leben vorbei ist und dass sie ihre Chance hatten. Dass jetzt andere am Zuge sind und dass die Alten bald abtreten werden.

Das ist der Lauf der Dinge. Junge Leute können sterben, alte Leute müssen sterben, heisst es bei uns.

Möge jeder sein Leben gut nutzen, denn irgendwann ist es vorbei und wenn man das erst mit 90 einsieht, dann hat man das Leben lang die Augen davor verschlossen, dass das Leben endlich ist.

Deshalb soll man sich mit der eigenen Endlichkeit arrangieren. Man muss einen Zeitpunkt finden, in der man seinen eigenen Tod akzeptiert.

Das gibt Frieden in der Endlichkeit. Wir sind Manifest und gehen alle ins Unmanifeste. Vielleicht ist das Leben auch eine Art Urlaub von der Nichtexistenz.

Vielleicht aber und da bin ich mir sicher, sind wir alle eine ewige, geistige Erscheinung, die temporär nur im Körperlichen weilte.

Ist es nicht Zeit, alten Streit bei Seite zu räumen und klar Schiff zu machen? Auch mit dem eigenen Leben? Das Leben ist zu kostbar für faule Kompromisse. Schade. Wir erkennen es zu spät. Und dann ist es zu spät.

Bin in einer misslichen Zwangslage. Fast zahlungsunfähig. Da werden manche Rechnungen platzen. Und dann? Werde ich eingesperrt?

Alles affirmieren bringt nichts. Bisher jedenfalls nicht. Man denkt dann schnell an das eigene Ende. Weil man nicht mehr kann. Aber so schnell darf man nicht aufgeben.

21 Jahre habe ich mich jetzt schon überlebt. Vor 21 Jahren sprang ich in suizidaler Absicht den Balkon runter. Und überlebte. Wahrscheinlich weil ich noch so jung und stark war. Und hat es sich gelohnt? Ich habe mein Studium abschließen können und hatte noch ein paar schöne Urlaube. Ja, es hat sich gelohnt. Und mir sagte man damals in der Psychiatrie: und das Leben ist

noch lang!

Und ich hatte einen tollen Hund. Besser gesagt zwei Hunde. Samos erst und dann James.

Sie haben mich gelehrt, das Leben zu lieben.

Sie leben immer nur im Augenblick und sie genießen das Sein und das Leben.

Sie haben keine Langeweile und sie müssen keine Rechnungen bezahlen. Sie denken, das Leben wird ewig so weitergehen.

Was denken die Leute auf der Straße, wenn sie dich fragen, ob alles klar ist?

Was soll schon klar sein? Das Leben ist schwierig und es macht auch nicht immer Spaß.

Ein guter Freund, der Multimillionär war, ist mit 50 Jahren gestorben. An einem Schlaganfall.

Jetzt ist er der reichste Mann auf dem Friedhof. Leider.

Da sieht man mal wieder, der Tod macht nicht halt vor den Millionen. Und lebst du auf der Überholspur, holt dich der Tod schneller als du denkst.

Manchmal denke ich, ein früher Tod wäre mir angenehm. Aber das ist undankbar. Und ich muss nunmal die Lektion des Lebens lernen, und lernen am Leben zu bleiben. Vielleicht war ich arm und fast mittellos. Aber das konnte sich schnell ändern.

Jetzt heisst es Leben leben. Denn tot sind wir alle noch lange genug.

Was wäre, wenn wir alle nur einmal leben würden? Und dann nie wieder? Das ganze Gerede von Reinkarnation und so, vielleicht alles nur Quatsch!

Wir kämen auf diese Welt und würden lernen uns zu entfalten und irgendwann würden wir wieder ins Licht gehen, dahin zurück von wo wir alle gekommen sind!

Für mich ist klar, dass es ein Leben nach dem Tod gibt. In Gefilden, die man sich schöner nicht vorstellen kann.

Als ich mal da war, wußte man direkt nachdem man angekommen war: hier gibt es keine Krankheiten und auch kein Geld! Es war schön für mich in den himmlischen Welten einen Zwischenstop zu halten, um dann auf Erden weiterzumachen!

Es ist auch nicht ungerecht oder bösartig, wenn das Leben nur einmal stattfindet, denn wir werden uns ja alle in den himmlischen Welten wiederfinden.

Die Gerechtigkeit ist die, dass wir alle unseren Frieden finden werden in einer anderen Welt.

Viele Philosophen und Theologen haben schon darüber nachgedacht, wie es mit der Gerechtigkeit, die es auf Erden nicht gibt, wieder gut gemacht werden könnte. Und deshalb ist das Gesetz des Karma erfunden worden.

Aber eventuell ist es gar nicht so. Nur so, dass jeder ein einziges Leben hat und das realisieren muss.

Krankheiten sind einfach da und es geht auf Erden mit

der Verteilung von Krankheiten nicht gerecht zu.

Die Entfaltung des Geistes in den irdischen Entitäten ist eine der Aufgaben, die uns das Göttliche anheim stellt.

Ich werde jetzt versuchen mit Hilfe von positiven Affirmationen meine Krankheiten in den Griff zu bekommen.

Wohlgemerkt meine chronischen Krankheiten. Alles muss möglich sein und es ist bestimmt nicht der Sinn des Lebens, nur und nur, und immer wieder an diesem Leben zu leiden.

Ich gebe meinen Lesern diese Möglichkeit des Einmal Lebens mit auf den Weg. Vielleicht wird das Leben so noch wertvoller als es sowieso schon ist.

Der Himmel ist uns allen garantiert. Mögen wir einen Vorgeschmack auf den ewigen Frieden schon im Leben finden!

Der Sinn sagte ich sei den Frieden finden und Selbstverwirklichung. Dazu muss man nachtragen, dass es fundmental wichtig ist, dass wir lernen zu lieben.

Augustinus sagte: Liebe und tue was du willst!

Man tut alles, was man tun kann aber mit Liebe.

Was ist Liebe? Hingabe und liebevolles Sein.

Wenn es uns nicht vergönnt war in einer Partnerschaft zu leben, ist das nicht weiter tragisch. Man kann auch Liebe im Alltag mit Freunden erfahren und geben.

Oder Liebe einem Hund schenken, auch das ist möglich.

Tiere bereichern unser Leben und sie leben immer im Jetzt. Sie kennen kaum Vergangenheit und Zukunft. Sie leben im Moment.

Sie erinnern uns praktisch immer daran, dass es sich lohnt in der Gegenwart zu leben.

Damit zurück zum Menschsein. Wir sollen versuchen in der Gegenwärtigkeit mehr liebevolles Dasein zum

Ausdruck zu bringen, als Teil unserer Kreativität.

Wir alle sind eine Art von Künstlern, die ihre eigene Geschichte schreiben jeden Tag.

Dann ist es auch nicht mehr so wichtig, was wir tun, um unseren Lebensunterhalt zu verdienen, sondern wie wir es tun.

Und dann kann auch der Frieden Einkehr nehmen in unser Leben.

Ich nannte diese Abhandlung "Der Weg Gottes zu sich selbst", weil der Mensch und vielleicht auch jegliche Kreatur ein Ausdruck Gottes sind und Gott auf diese Weise seine eigene Welt erfahren darf.

Ich hoffe sehr, dass dir meine Ausführungen gefallen haben. Es ist nicht wirklich viel Neues in meiner Abhandlung, aber teilweise schon.

Es war der Versuch, endlich noch einmal etwas zu schreiben; nach 11 Jahren Schreibpause.

Ich denke, wir müssen nicht alle zu Göttern werden, um diese Welt zu überwinden. Aber wir müssen zufrieden sein mit unserem Leben und dann können wir es auch leben.

Vielleicht auch beginnt wirklich bald ein goldenes Zeitalter, in dem Nöte und Selbstmorde überflüssig werden und in dem jeder seiner Bestimmung nachgehen kann.

In der es nicht soviele Krankheiten gibt und in der sich die Menschen respektieren, egal welcher Hautfarbe und sexueller Orientierung.

Die Erde an sich ist ein guter Planet, der bestimmt auch beseelt ist. Wir haben dem Planeten schon sovieles zugemutet und ihn ausgebeutet. Auch das muss ein Ende haben. Die Heiligkeit des Lebens steht diesem Gegenüber. Ich wünsche mir, dass du ein paar Impulse aus der Lektüre mit in dein Leben bringst und dass wir so den Frieden auf der Welt mehren können.

Ich wünsche dir, dass du deinen Weg findest und damit Gott zu sich selbst.

Du bist ein Funke des Ewigen auf dem Weg zu sich selbst.

Mögest du gesegnet sein auf deinem heldenhaften Weg. Mögest du Glück und Freude erfahren und ein sichere

Existenz. Und mögest du den Frieden finden und den

Weg nach Haus.

"Der Weg Gottes zu sich selbst" ist eine Abhandlung über das Leben, wie es sich heute zeigt.

Damian Berens zeigt, wie Gott den Menschen erschaffen hat, um sich selbst und seine Schöpfung zu erleben.

Lassen Sie sich in den Bann einer Philosophie ziehen, die Sie selbst in den Mittelpunkt stellt.

Damian Berens, Jahrgang 1974, studierte Philosophie und Geschichte in Bonn und Stuttgart.

Heute arbeitet er als Musiklehrer in der Region Köln Bonn. Auch ist er als Komponist und Songwriter tätig.

Er lebt in Alfter bei Bonn.